설레는 게
뮤지컬이라

뮤지컬을 찾아 떠난 여행 에세이

설레는 게 뮤지컬이라

프롤로그

좋아하는 일을 찾아, 가늘고 길게 행복해지는 방법

"넌 적어도 네가 좋아하는 일을 하잖아. 난 그걸 모르겠어."

가까운 친구들은 내게 이런 말을 한다. "그런가?" 그러고는 난 생각한다. '남의 속도 모르면서….' 좋아하는 일을 하기 위해 어떤 것을 포기하고, 또 얼마나 바지런을 떨며 살아가는지! 좋아하는 일을 한다고 선포했기 때문에 또 어떠한 것들을 감추면서 살아가는지! 누군가는 나의 삶이 한량으로 보인다고도 했다.

친구는 본인이 원하는 삶을 살기 위해 얼마나 목숨 걸고 일하고, 또 하기 싫은 일도 억지로 참아가면서 하는지에 대해서도 말했다. 자신이 원하는 삶을 살기 위해 좋아하는 것을 어느 정도 포기하면서 산다고도 말이다.

좋아하는 일을 열심히 했을 때 성공까지 보장된다면 얼마나 좋을까? 좋아하는 일이 돈으로 연결되는 일이면 좋겠지만, 좋아한다고 하는 것들은 보상이 주어지지 않는 것이 대부분이다. 오히려 좋아하는 일을 하기 위해 돈을 써야 할 수도 있다.

생각해 보니, 나도 뮤지컬을 좋아한다는 명목하에 돈을 정말 많이 썼다. 그런데 이상하게 내가 가치를 두고 있는 것에 대한 소비는 하나도 아깝게 느껴지지 않는다. 그에 따른 감정적인 만족이 크기 때문이 아닐까. 때론 감정적인 만족이 돈으로 보상되는 이성적인 만족을 이길 수도 있으니. 그리고 살아가는데 물질의 풍요만큼이나 감정의 풍요도 중요하니까.

좋아하는 일을 찾아 많이 시도하고 경험해 보기도 했다. 뭐든 처음에 시작할 땐 떨리고, 긴장이 된다. 하지만 설레게도 하는 기분 좋은 주파수가 있다. 일이 어느 정도 익숙해지면 지루함이 느껴질 수도 있고, 진행되는 과정에 많은 것들이 얽히고, 몰랐던 사실을 알게 되면서 좋아하던 일이 싫어지기도 한다. 또, 세월의 흐름에 따라 그리고 상황에 따라서 좋아하는 건 달라지기도 한다.

지난 시간을 돌이켜 보면 그동안 내가 했던 경험 잔가지들의 줄기에는 '뮤지컬'이 있었다는 것을 알게 됐다. '그렇다고 내가 뮤지컬에 열정을 다해 임했던가?' 그런 시기도 있었지만, 그렇지 않은 시기도 있었다. 그로 인해 삶이 행복했냐고 한다면, 그렇다고 대답할 수 있을 것 같다.

오래 유지되고 있는 관계에 대해 생각해 봤다. 그 관계는 '적당하기에' 오래 유지되고 있었다. 적당히 서로 배려하고, 적당히 편안한 관계. 너무 뜨거운 관계는 서로에 대한 기대와 욕심 때문에 무너지기도 하고, 반대로 너무 차가운 관계는 더 이상 서로에게 기대할 게 없고, 불편하기에 함께 갈 수가 없다.

너무 좋아하면 질릴 것 같고, 이제 좀 떠나자니 자꾸 맴돌고 그래서 적당한 거리를 유지하면서 평행 이렇게 함께 하고 싶은 것, 나에겐 뮤지컬이 그렇다.

좋아하는 게 반드시 일이 될 필요도 없고, 잘해야 할 의무는 더더욱 없다. 꼭 그게 목적이 되어 반드시 해내야 한다는 강박관념을 가지지 않아도 좋다. 그냥 조금이라도 즐길 수 있는 작은 마음이면 된다. 그로 인해 삶에 활력이 생기고, 기분 좋은 주파수를 유지할 수 있다면 그보다 더 좋은 게 있을까?

어쩌면 좋아하는 게 없어서 마음에 병이 생기는지도 모른다. 좋아하는 것, 사랑하는 게 있다면 마음이 쉴 틈이 없을 테니. 그러니 우리 아주 작은 좋아하는 것을 찾아 하나쯤은 평생 갈 친구로 삼아보자. 무엇이 되지 않아도 좋으니. 좋아하는 일이라고 해서 열정을 다하지 않아도 좋으니까 말이다. 열정을 다 소진하고 나면 쳐다보기도 싫은 상태가 될 수도 있으니, 적당히 유지하는 것도 괜찮다고. 너무 뜨겁지도, 차갑지도 않게 적당히 오래 갈 수 있는 그 무언가를 찾아보았으면 한다. 그래서 조금이라도 삶에 활력이 생긴다면…

그것으로 충분하니까!

차례

영국 (런던 웨스트엔드)

미국 (뉴욕 브로드웨이)

한국 (서울 대학로)

영국
(런던 웨스트엔드)

여긴 어디? 나는 누구?

"한번 눌러봐. 어제부터 저렇게 가만히 있었어. 무슨 일 생긴 거 아니야?"

아스라이 귓가에 들리는 말! 나를 향한 말인 거 같은 데, 이거 꿈인 걸까? 몸을 움직일 수가 없다. 눈은 찢어 질 것만 같고, 머리는 깨질 것만 같다. 난 누구고, 여긴 어디인 걸까? 영국에 와서 숙소로 찾아온 것까지는 기 억이 난다. 그리고 나 짐도 풀지 않고 그대로 이층 침대 에 쓰러져 잠이 들었던 거다. 이불 속에서 꼼지락했다.

"아, 움직인다. 움직여."

나의 움직임을 생중계하는 사람은 누굴까. 이불 속에 서 빼꼼히 얼굴을 드러내고 일어났다.

"안녕하세요."

"어휴! 다행이네. 밥도 안 먹고 하루 종일 누워 있어서 얼마나 걱정했다고."

"지금 몇 시예요?"

"오전 10시예요."

아. 전날 오전에 난 영국 히스로 공항에 도착해서 민박집을 찾아왔고, 그리고 꼬박 하루가 지나 있었다. 같은 방을 쓰는 사람들이 걱정할 만도 했다.

이틀 전까지만 해도 난 독일 뮌헨에 있었다. 뮌헨에서 세계 맥주 축제인 '옥토퍼 페스트'에 갔다가 밤 기차를 타고 뷔르츠부르크에 갔어야 했다. 뷔르츠부르크에서 영국 런던으로 오는 비행기를 예매해 놓았기 때문이다.

밤늦게 뮌헨에서 뷔르츠부르크로 가는 기차를 탔는데 중간에 독일어로 뭐라 하더니 기차가 움직이지 않았다. 영어 안내 방송도 없어서 영문을 모르고 앉아 있었는데 잠시 뒤 사람들이 다 내리는 것이다. 주변에 영어를 할 줄 아는 사람도 없어 나도 따라 내렸다. 아무래도 다음에 오는 기차를 타라는 내용이었던 것 같다. 그 시간은 자정을 향하는 시간이었고, 계획대로라면 밤에 뷔르츠부르크에 안전하게 도착해 있어야 했다. 주변을 둘러보니 독일 현지인뿐, 여행자도 없어 불안했다. 다음 날 새벽에 영국으로 가는 비행기를 타야 하는데 그마저도 탈 수 있을지 몰랐다. 기차는 계속 연착되다가 드디어 왔고, 주변 사람들의 도움을 받아 나 기차를 타고 뷔르츠부르크에 올 수 있었다. 다행히 역에서 숙소까지는 멀지 않았다. 숙소에 도착한 시간은 새벽. 불은 다 꺼져 있었고, 눈에 넣은 렌즈도 빼지 못한 채 쪽잠을 자다가 난 새벽에 나와 비행기를 탔다.

 그리고 런던 민박집에 도착해서 렌즈를 빼고 기절하듯 자다 일어났는데, 눈이 정말 아팠다. 이대로 눈을 못 뜨게 되는 거 아닐까 할 정도의 아픔이었다. 유리가 박혀 있는 듯한! 렌즈를 빼다 찢어져 남은 조각이 눈 안에서 돌아다니고 있었다. 아파서도 눈물이 나고, 갑자기 나도 모를 서러움이 복받쳐 올라 그 틈을 타 핑계로 눈물을 흘렸다.

'뭐 하자고 이런 고생을 한다니!'

 좋을 땐 행복하다가도, 작은 위기와 힘듦에 서러움이 복받친다. 감정이란 참 얄궂다. 0.5cm도 안 되는 찢어진 렌즈 조각으로 온 신경이 곤두서고, 아프고, 감정을 뒤흔들어 놓는다. 어쩌면 우리를 날 서게 만드는 건 큰 것이 아니라 아주 작은 것일 수 있다. 그리고 그 작은 게 나를 헤집고 다닐 때는 그 때문에 또 화가 난다.

난 겨우 일어나서 민박집에 있는 다른 여행자들에게 인사를 했다. 저마다 한마디씩 건넨다. 그리고 살아 있어서 다행이라고 말한다. 다들 많이 걱정했다고 말하는데 좀 울컥했다. 누가 나를 위해 걱정해 준 게 얼마 만인지! 물리적인 시간으로는 얼마 지나지 않은 거 같은데, 내 마음은 밑바닥까지 찍은 상태였기 때문이다.

영국 런던에 오기 전 난 한 달을 독일에 있었다. 베를린에서 일주일 동안 일을 했고, 곳곳을 돌아다니며 여행했다. 혼자 여행하면서 빈대에게 물려 온몸이 가려워 못 견디는 날을 보내고, 길을 가다가 돈도 잃었다. 이래저래 많이 지친 상태여서 그렇게 기다렸던 영국 땅을 밟았을 때도 별로 감흥이 없었다. 지친 몸을 뉘어야겠다는 생각 밖에는…. '독일에서 함께 일하던 동료들을 따라 한국으로 갔어야 했나?'라는 생각도 했지만, 여기서 물릴 순 없었다.

얼마나 기다려 왔던 날인데!

내가 런던에 온 이유

　마음속에 항상 로망(roman)처럼 있는 것이 있었다. 로망이라고 하면, 원래는 낭만을 뜻하지만, 우리에겐 꿈이나 소망을 말할 때 쓰이는 말이기도 하다. 아무리 억제하려고 해도 억제되지 않고, 잊히지 않는 그런 소원!

　나에게 로망은 해외에서 오래 살아보는 것이었다. 바쁘게 다니는 여행 말고, 원하는 곳에서 오래 머물면서 현지인처럼 살아보는 것! 그곳에 내가 좋아하는 것들이 있으면 더욱 좋은데, 그건 바로 '뮤지컬'이었다.

　보다 현실적으로 되고, 안정적인 직업을 갖기 위해 노력해야 할 시기라고도 할 수 있는 때, 난 불완전한 삶을 선택했다. 뮤지컬 창작에 관해 전반적으로 배우고, 공연까지 마치면서 학업은 끝났다. 그런데 또 남모를 갈증이 있었다.

뮤지컬이라고 하면 떠오르는 대표적인 두 곳 영국 런던과 미국 뉴욕은 어린 시절부터 내 맘속에 자리 잡고, 언젠가 가게 될 거라고 되뇌었다. 그리고 그 첫 발걸음을 영국으로 내디뎠다. 영국 웨스트엔드에서 공연되고 있는 작품들을 섭렵하고 싶다는 생각이 들었기 때문이다. 그래서 앞뒤 따지지 않고 '런던 뮤지컬 관람 원정기'라는 나만의 프로젝트를 세웠다. 런던 생활자로 살면서 최대한 공연되고 있는 많은 공연을 관람하는 것! 그 하나면 목적은 충분했다.

런던에 오면서는 시간을 여유 있게 가지고 그때그때 원하는 것을 할 예정이었기에 많은 정보를 찾아보고 오지는 않았다. 물가 비싼 영국, 그것도 런던에서 목표를 빡빡하게 세우지 않고 온다는 것은 시간과 돈을 낭비할 경향이 다분히 많아 보였지만, 인생을 살면서 한 번쯤은 이런 시간을 누려보는 것도 좋지 않은가!

평소 생활 속에서 필요하지 않은 것을 사는 것과 그러한 선물을 받는 것을 싫어한다. 예를 들면 금방 시드는 꽃과 인형 같은 그런 것들? 다분히 실용주의적인 마인

드로 살아가는 나도 어떨 때는 정말 쓸데없다고 보이는 것에 큰돈을 쓸 때가 있다. 많은 시행착오와 분석을 거쳐 이제 적어도 나에게는 어떤 소비가 기분 좋은 소비인지 알고, 기분 안 좋아지는 소비를 최소한으로 줄이려고 한다. 나는 갖고 싶었던 것을 소유하는 기쁨도 있긴 하지만, 그보다도 보이지 않더라도 내가 경험하고 간직할 수 있는 것에 많은 소비를 하는 편이다.

 이런 나와는 달리 가까운 친구는 '아름다운 것'들을 소유하는 것을 좋아한다. 그리고 그 소유에 소비를 많이 한다. 친구는 꽃을 받는 것을 좋아하고, 생화를 꽂아두는 것을 좋아한다. 생화가 유한한 생명력으로 금방 시들지라도, 그리고 그게 꼭 생활 속에서 쓸모를 가져다주는 물건이 아닐지라도 두고 보면서 잠깐이라도 예쁘고, 아름답다고 느낄 수 있으면 된다고, 아름다운 것을 소유하는 권리를 누리자고 말한다.

 그러한 아름다움에 반응하지 않는 내가 적극적으로 반응하는 것이 있다면 바로 '뮤지컬'이 다. 눈에 보이는 소유가 아니어도, 눈을 감고 떠올리면 벅차오르는 감동을 한다. 한정된 시간, 그 시간에 무대 위의 배우와 관객인 내가 호흡하며 극에 몰입하는 시간. 그 시간은 한정판 명품을 손에 쥔 듯한 기분을 느끼게 한다. 한정성은 값진 의미를 갖게 한다.

 나를 치장하고 더 예뻐 보이게 하는 소유에 관해 소비할 때는 이상하리만큼 사면 안 될 것 같은 느낌이 드는 반면, 뮤지컬 표를 살 때는 비싼 자리라도 값을 치를 때 당연히 해야 하는 소비라는 생각이 든다.

 소비하며 느끼는 만족도는 개인마다 다르니 자신이 어떤 것들에 소비하고, 만족을 느끼는지 평소에 들여다보면서 파악하다 보면 점점 기분이 나빠지는 소비를 줄여나갈 수 있을 것이다.

 영국에 오면서 내가 좋아하는 것을 온전히 향유하기 위해 돈과 시간을 준비했지만, 정보는 미처 보지 못했다. 그동안도 숙소만 정하고 나면 무리 없이 잘 다녔기에 걱정하지 않았다. 런던에 올 때도 친구가 소개해 준 민박집을 선택했고, 주소와 이름만 듣고 찾아와 24시간을 꼬박 기절하듯 잠들어 있었다. 그리고 내가 잠에서 깨어났을 때는 제일 먼저 걱정해 준 엄마 또래의 어머님이 그곳에 계셨다. 식사 시간이 아닌데도, 챙겨 먹지 못한 나를 위해 손수 식사를 차려주시고 식사를 함께하면서 우린 많은 이야기를 나누었다. 처음에는 민박집 주인인 줄 알았는데, 나와 같은 여행자라는 것을 알게 됐다.

어머님은 내 또래 정도 되는 딸과 함께 민박집에 머물고 있다고 했고, 딸은 대학원에 다니기 위해 런던에 왔다고 했다. 일 년 동안 살 집을 구하는데 구하기 전까지 민박집에 있을 예정이라고 했다. 그때까지만 해도 난 엄마와 어딜 함께 다녀 본 적이 없는 그런 딸이었는데, 친구처럼 티격태격하면서도 서로를 위하는 그 모녀가 너무 좋아 보였다.

그리고 하루, 이틀이 지나면서 모녀와 함께 방을 쓰면서 알게 된 사실이 있다. 내가 묵고 있는 민박집이 바로 로열 센트럴 스쿨 오브 스피치 앤 드라마(Royal Central School of Speech and Drama) 앞에 위치하고 있다는 것! 그 학교는 영국 최고의 드라마 스쿨 중 하나고, 내가 영국에서 대학원에 간다면 가고 싶었던 학교였는데, 그 학교가 바로 민박집 코 앞에 있다니…, 그리고 또 그 학교 석사 과정에 다닐 한국인 친구를 만나다니!

"그런데 전공이 뭐예요?"

"공연 연출이요!"

나는 내 귀를 의심했다.

"네?"

거기에다 내가 원했던 바로 그 전공! 몇백만분의 일이

될까 말까 하는 확률의 만남이라고도 할 수 있지 않을까.

그 친구는 아버지가 선교사여서, 어렸을 때부터 아프리카 짐바브웨에서 자랐다고 했다. 대학교는 한국에서 공연과는 전혀 관련이 없는 과를 나왔는데 무용이 너무 좋아서 계속하다가 영국 대학원에 공연 연출을 공부하기 위해 지원을 했고, 합격해서 입학한다는 것이다.

이 모든 것이 우연의 일치일까? 아니면 어떤 끌어당김이 있는 것일까? 이 모든 만남과 상황은 앞으로의 영국 생활에 기대하기에 충분했다.

로망을 로망으로 남겨두면 이루지 못한 꿈이 되지만, 용기 내서 한 발짝 내디디면 어떤 길이 펼쳐질지 아무도 모른다.

영국에서 맞는 특별한 새해

‘매해 새해를 각각 다른 나라에서 맞으면 얼마나 근사할까?’

이런 생각을 해 본 적이 있다. 현실적으로 힘든 부분이란 걸 알기에 상상의 나래를 펼치며 꿈을 꿨었는데, 12월 31일 한 해를 보내고 새해를 맞으려 하는 이 시점에 내가 있는 곳은 영국 런던이다. 이 기운이 한 해, 한 해 쭉 이어지면 좋으련만….

아무리 좋은 장소에 있어도 그걸 함께 나눌 수 있는 사람이 없다면 그 분위기에 눌려 더 외로움을 느낄 터. 하지만 지금 나에겐 함께 할 사람들이 있다. 한국에서 둘째 언니와 언니 친구가 런던으로 보름간 놀러 왔기 때문이다. 그리고 그 시작은 한 해를 보내고, 새해를 맞는 기점에 있는 날이었다. 뭔가 의미 있게 보내고 싶었다. 하지만 난 치밀하게 계획하는 가이드는 아니었기에 내 스타일대로 발길 닿는 대로 움직였다.

"그래도 제일 관광객들로 붐비는 메인 거리로 가 볼까? 웨스트엔드 뮤지컬을 보는 것도 길이길이 기억될 추억 하나가 되겠다. 몇 년이 지나도 그날을 콕 집어 말하면 툭하고 생각날 수 있게. 기왕이면 유명한 뮤지컬이 좋겠지?"

"뭐든 좋아."

대답에 깜짝 놀랐다. 내가 생각하며 혼잣말로 내뱉고 있는 줄 알았는데, 다 들렸나 보다. 하지만 대부분 사람의 생각이란 다 비슷하다는 것을 런던 메인 거리를 돌아다니며, 당일 뮤지컬 표를 구하면서 알게 되었다.

뉴욕 브로드웨이와 함께 세계 뮤지컬의 양대 산맥을 이루는 웨스트엔드! 웨스트엔드에는 약 50개의 극장이 있다. 거리를 지나다니다 보면 각 극장에서 공연하는 뮤지컬 전광판을 볼 수 있는데 그것만 보더라도 마음이 설렜다.

웨스트엔드의 중심지인 레스터스퀘어(Leicester Square)에 가면 TKTS라고 할인 부스가 있다. 이곳에서 당일 할인 표를 구매할 수 있다. 표를 저렴하게 살 수 있다는 장점은 있지만, 당일 할인 표를 취급하는 곳인 만큼 인기 있는 작품 표는 이곳에서는 사기 힘들다. 그래도 예매하지 않았다면 당일표를 구해서 보기에 제일 좋다.

레스터스퀘어에는 공식 TKTS 부스 말고도 뮤지컬 티켓을 파는 사설 부스들이 많았다. 어디를 선택하면 좋을까 할 정도로 홍보가 대단했다. 부스 앞에 홍보된 뮤지컬 가격을 보면 다 선택할 수 있을 것만 같지만, 막상 표를 사려고 하면 거의 매진이었다.

연말에, 그것도 인기 있는 뮤지컬 당일 티켓이 있을 거로 생각한 나는 무슨 자신감이었는지. 한국에서도 구하기 힘든 표를 런던에서 구하겠다고? 처음에 호기롭게 시작했던 나의 마음은 티켓 부스를 다니면서 쭈그러들기 시작했다. 그래도 타협해야 했다. 날이 날이니만큼 뮤지컬 보는 것을 포기하고 다른 할 것을 찾으면 될 텐데, 이거 원 티켓을 알아보면 알아볼수록 또 계속 매진이라는 말을 들을수록 뮤지컬을 오늘 꼭 봐야겠다는 집착이 더 생긴다는 거다. 그래서 한 번 끝까지 알아보기로 했다.

네가 이기나 내가 이기나 아무도 알아주지 않는 목표

를 설정하고 알아본 끝에 <렛잇비 Let it be>라는 제목의 공연 티켓을 구할 수 있었다. 제목에서도 느낄 수 있다. 바로 영국 그룹 비틀스(The Beatles)에 관련된 음악이나 이야기가 나올 거라는 것을. 비틀스의 노래를 좋아하거나, 어느 정도 알고 있어도 무난하게 즐길 수 있을 것 같다는 판단이 들었다. 그래도 어찌 됐든 목표 달성이다. 이제 공연 전까지 우리만의 시간을 즐기면 된다. 공연 전 든든히 챙겨 먹고, 우린 웨스트엔드에서도 조금은 끝자락에 위치한 공연장으로 향했다. 드디어 나의 런던 뮤지컬 원정기의 첫 스타트를 끊는 거다. 그런 의미에서 조금 설레기도 했다. 하지만, 이 성수기에 표가 남아 있다는 것에 조금은 불안하기도 했다.

 공연장은 전용 뮤지컬 극장이 아니었다. 모임이나 파티를 위한 장소로도 충분한 그런 극장. 무대는 좀 작았고, 밴드 연주를 위한 악기가 놓여 있었다. 무대를 보자마자 이 극은 밴드 연주 위주의 콘서트 형식이겠구나! 짐작하게 했다. 이후 배우들이 등장했는데, 비틀스 원년 멤버 그대로 세워 놓은 듯했다.

 <렛잇비>는 뮤지컬이라고 하기엔 그렇고, 음악극이라고 해야 할까? 그렇다고 극적인 요소는 크게 없는 듯하고, 그들의 일대기를 보여 주면서 히트곡을 노래하는

구성이다. 비틀스의 노래를 충분히 알고 좋아한다면 그 자체로도 큰 의미가 있겠다. 하지만 개인적으로는 노래보다는 극에 더 중점을 두고 보기에 아쉬움이 느껴지는 공연이었다. 아무래도 콘서트 형식의 극은 노래가 위주가 될 수밖에 없기에. 그렇다고 내가 비틀스에 팬심을 가지고 있는 사람도 아니고. 하지만 공연을 많이 접해보지 않은 언니의 친구는 너무 좋아했다. 비틀스의 노래를 좋아한다고도 했다. 우리 중 한 사람이라도 만족했으면 그걸로 된 거로 생각하며, 공연장을 나섰다.

앗! 그런데 공연장에 들어올 때랑 사뭇 다른 풍경이 펼쳐진다. 공연장 앞쪽으로 있던 차도는 어느새 통제되어 있고, 사람들이 걸어 다닌다. 사람들의 무리를 따라 거리를 걸어 지하철역을 가는데 가까운 지하철역 입구가 모두 막혀있는 것이다. 시간을 보니 10시 남짓한 시간이었고, 새로운 해를 맞기에 두 시간 정도밖에 남지 않은 상황이었다. 공연장 뒤쪽으로 걸어가니 바로 템스강이 있었고, 템스강만 건너가면 아직 열려 있는 지하철역이 있다. 그곳을 가면 집에 갈 수 있다는 생각으로 우린 열심히 걸었다.

한 해를 보내고, 새해가 시작되는 1월 1일 자정 세계 여러 나라의 모습은 다르다. 대표적으로 떠오르는 이미지가 있다면 우리나라는 보신각에서 종을 울리고, 미국 뉴욕 타임스스퀘어에서는 카운트다운을 외친다. 그리고 영국 런던은 템스강에서 불꽃을 터트린다.

 그 순간을 기념하기 위해 사람들은 일찍 나와서 자리를 잡고 기다린다. 추운 날씨도 그들의 열정을 이길 재간은 없다. 이들은 삼삼오오 모여 이야기꽃을 피우고 있었다. '나도 조금만 더 어리고 체력이 받쳐줬다면 저 자리에 있을 수도 있는데' 생각하는 건 잠시였고, 그 사람들을 보면서 정말 춥겠다는 생각과 지하철역에 도착해서 과연 집에 가는 지하철을 탈 수 있을까 하는 걱정뿐이었다.

 사람이 한 가지를 생각하고 있으면 그 생각에 매몰된다. 하지만 조금만 달리 생각하면 상황에 따른 선택지는 여러 가지가 있을 텐데, 내 머릿속은 오직 그 생각뿐이었다. 하루 종일 돌아다니느라 피곤하기도 했고, 이제 막 런던에 도착한 언니들을 누구보다 안전하게 모셔야 한다는 생각밖에 없었나 보다. 집은 시내에서 먼 곳에 있었기 때문에 막차를 꼭 타야만 했다. 그런데 템스강 주변의 지하철역은 문을 다 닫아서 갈 수 없었고, 버스 정류장을 찾아 버스를 타야 했다. 시간은 어느덧 12시를 향해 가고 있었고, 스마트폰 앱으로 확인한 결과

근처 버스 정류장에 막차로 추정되는 차가 오고 있었다. 그때부터 죽을힘을 다해 뛰었다. 평소에 나오지 않던 초인적인 힘은 위기의 순간에 나온다. 오늘 내 집에 꼭 들어가야겠다는 간절한 우리의 바람이 닿아 막차 버스를 탈 수 있었다. 그 기쁨도 잠시, 난 버스를 타고 정신이 들자마자 후회했다.

'왜 우린 오늘 같은 날 꼭 집에 들어가야 한다고 생각했지? 하루 밤샌다고 큰일 나는 것도 아닌데… 이런 기회가 얼마나 있다고! 1월 1일, 런던 불꽃 축제를 보면서 일생일대의 추억을 만들 수도 있었는데… 그리고 그 기회는 바로 우리 코 앞에 있었는데….'

그렇다고 버스에서 내려 다시 템스강으로 갈 수도 없는 노릇이었다. 그러한 후회의 마음으로 나에게 질타를 가하고 있을 무렵, 버스는 집 앞에 도착했다. 집에 와서 씻고 누웠다. 몸은 편했지만, 마음은 불편했다. 그리고 난 아쉬움을 희석하기 위해 유튜브 영상을 찾아보았다. 그리고 불꽃놀이 영상을 보면서 마음을 달랬다.

"에이 뭐 불꽃 축제 별거 있나? 다 봤네! 다 봤어." 하면서 말이다.

본격적인 런던살이

　언니들과 함께했던 보름이라는 시간이 지나고, 난 다시 혼자가 되었다. 든 자리는 몰라도, 난 자리는 표시가 난다고. 언니들이 있다간 자리는 유독 쓸쓸하게 다가왔다. 하지만 쓸쓸할 시간도 없었다. 난 또 이사해야 했기 때문이다.

　영국은 1 존, 2 존, 3 존, 4 존으로 나뉘는데 1 존은 시내 중심가이고 시내에서 멀어질수록 숫자가 높아진다. 언니들이 왔을 땐 4 존 정도에 있는 아파트를 통째로 빌렸다. 좀 멀긴 했어도 지하철로 다닐 수 있으니 그리 문제가 되진 않았다.

　사실 영국은 집세가 비싸고, 우리나라의 원룸이나 오

피스텔 구조의 집이 없기에 한 집에 함께 거주하면서 각자 방은 쓰고, 화장실과 거실은 공동으로 사용하는 경우가 많다. 그런데 한 방만 빌리더라도 한 달에 100만 원은 내야 한다.

난 런던에서 6개월 정도 더 있을 예정이었기 때문에 집 구하는 데 더 신중할 수밖에 없었다. 이제는 집의 위치가 중요했는데, 무엇보다 뮤지컬 공연장이 있는 웨스트엔드와 접근성이 좋아야 했다. 웨스트엔드는 서쪽의 피커딜리 서커스와 동쪽의 코벤트 가든 주변 지역을 둘러싼 런던 시내 중심가이기 때문에 그 근처는 집이 비쌌다.

그렇다고 포기할 내가 아니다. 위치와 가격 모두를 만족시키는 집은 분명 나타날 것이라 믿으며 일주일 동안 계속 플랫메이트(flatmate)를 구한다는 인터넷 사이트를 주시했다. 그리고 시간이 되는대로 집을 보러 다녔다.

한국에서나 외국에서나 집을 보러 다닐 때 내 현재 사정을 직시하게 된다. 살고 싶은 컨디션의 집과 주머니 사정이 맞지 않을 때 약간의 좌절감을 맛보기도 한다. 돈 걱정 없이 원하는 집을 구할 수 있다면 최고지만, 한정된 예산 내에서 최상의 선택을 해야 하니 고민이 많아질 수밖에 없다.

 그동안의 집 구한 경험과 노하우로 이제는 인터넷 사이트에 올라온 글만 봐도 대강의 집의 구조와 사람의 성향까지 조금 파악이 된다. 그 느낌이 어긋날 때도 있지만 대체로 맞는 편이다. 최대한 인터넷으로 많이 찾아보되, 느낌이 좋은 곳만 방문하기로 했다. 다행히 많이 발품을 팔지 않고, 생각하는 조건에 딱 맞는 집을 찾을 수 있었다.

 무엇보다 런던 1 존에 있었고, 웨스트엔드까지 버스로 20분이면 갈 수 있었다. 웨스트엔드에 갈 때는 매일 같이 런던 브릿지를 건널 수 있다. 2층으로 된 집이었는데, 2층 방 세 개 중 한 개를 사용하는 것이다. 방을 내놓은 친구는 한국인 친구였는데, 영국 생활을 정리하고 한국으로 돌아간다고 했다. 가격도 예산에 딱 맞는 조건이어서 난 집을 보자마자 바로 계약했다. 처음 만나는 친구였지만 그 자리에서 우린 많은 이야기를 나눴다.

 계약하고 그 이튿날 나는 바로 이사했다. 캐리어 하나와 배낭 하나가 내 이삿짐의 전부였다. 1년을 살기 위한 짐이 캐리어 하나라니! 그리고 그 짐으로 반을 지냈다니! 새삼 난 놀랐다. 이렇게도 살 수 있는 자신이 대견하기도 했다. 물건을 소유하고 채우는 삶에서 벗어나 순간을 느끼고 버리는 삶을 이제는 살 수 있을 것만 같다.

 나는 한국에서도 이사를 많이 다니질 않아서 낯선 곳으로 가는 게 즐겁지만은 않은 사람이다. 하지만 또 새로운 곳에 가면 금방 적응한다. 그렇게 보면 경험이 많지 않아서 두려운 것이지, 새로운 환경에 적응하지 못하는 성격은 아니라는 생각이 든다. 다만 나와 맞는 장소는 있다. 짧은 기간이긴 해도 그 장소를 운 좋게 찾은 것 같아 기분이 좋았다.

 분명히 하우스 메이트(housemate)가 있다고 들었는데 집은 매우 조용했다. 함께 사는 친구들은 헝가리에서 온 친구, 그리고 일본인 두 명의 친구였다. 다들 워킹 홀리데이로 영국에 와서 바(Bar)에서 일한다고 했다. 그 말은 저녁엔 거의 사람들이 없다는 말과도 같다. 새벽에 들어오고 오후 늦게 나가니 나와는 마주칠 일이 거의 없었다.

 본격적으로 런던 1 존에 정착하고 민박집에서 만났던 친구와 계속 연락을 주고받았다. 영국 대학원은 한국과는 달리 1년 과정이다. 짧은 시간만큼 그 안에 모든 것을 소화해야 하기에 다른 것들을 할 시간은 전혀 없어

보였다. 오로지 학교 공부에만 매진하며 시간을 보내야 후회가 없을 것 같았다.

 난 그 친구 덕분에 그 학교에 가서 대학원 생활을 들을 수 있었다. 세계 각 나라를 대표해서 공연 산업을 이끌어 가고 싶은 사람들이 모여 있는 곳, 그래서인지 그 누구도 특이하지 않은 사람이 없다고 했다. 그 친구가 가장 평범한 것 같다고. 난 어깨너머로 그 학교를 가끔 다니면서 학생들의 공연도 보고, 학교에 있는 뮤지컬 자료들도 보기도 했다. 한때 나도 뮤지컬 유학을 꿈꾼 적도 있지만, 과감히 내려놓기로 했다.

 예술을 하고 싶은 것인가. 학위를 따고 싶은 것인가. 아니면 작품을 만들고 싶은 것인가. 많은 고민 끝에 내린 결론은 '창작자가 되고 싶다.'는 것이었다. 내 이름으로 된 뮤지컬 작품을 만들어 공연으로 올리는 것. 궁극적으로 내가 원하는 것이었다.

 자신의 명확한 꿈을 발견한다는 것, 찾는 것이 아니라 나와 맞지 않은 것들을 지워 나가는 것일지도 모른다. 그렇게 찾으려면 안 보이던 대상도 주변의 것들을 지워 나가면 명확하게 드러나는 경우를 본다. 사실 나도 찾으려고 애를 쓸 땐 답이 없던 것들이, 하나하나 경험하면서 지워 나가니 보다 확실한 결론에 도달했다.

4대 뮤지컬, 나의 최애는

  뮤지컬 제작에 대해 전반적인 것을 공부하고 싶었다면, 워킹 홀리데이로 와서 극장에서 일하는 게 더 도움이 됐을지 모른다. 하지만 극장 스태프 경험은 한국에서도 원 없이 했고, 영국에서의 시간만큼은 일과 공부에 치우치는 삶이 아닌 원하는 것을 하면서 여유롭게 지내고 싶었다. 이왕이면 뮤지컬과 함께라면 좋겠다고 생각했고….

  뮤지컬이라고 하면 뉴욕 브로드웨이와 런던 웨스트엔드를 들 수 있는데 뉴욕이 아닌 런던을 먼저 선택한 이유는 '세계 4대 뮤지컬'의 고장이라서? 세계 4대 뮤지컬이라고 하면 <오페라의 유령>, <레미제라블>, <캣츠>,

<미스 사이공>을 말한다. 하지만 4대 뮤지컬의 선정 기준은 뭔지 궁금해진다.

 이 네 작품은 1980년대 영국 뮤지컬 붐을 일으켰다고도 할 수 있고, 이미 한국에서도 여러 차례 공연해서 거의 알고 있는 작품이 아닐까 한다. 각각의 뮤지컬 전문가들의 합작으로 장기간에 걸쳐 만들어진 뮤지컬이기에 완성도가 높고, 대중이 좋아할 만한 요소를 다 갖추고 있다고 해도 과언이 아니다. 이 작품들은 뮤지컬 분야의 미다스 손이라고 일컫는 캐머런 매킨토시(Cameron Mackintosh)가 기획했다는 사실이다.

 첫 번째 작품으로, <오페라의 유령>은 가스통 르루(Gaston Leroux)의 소설을 원작으로 한 작품이다. 흉측한 얼굴 때문에 가면을 쓴 오페라의 유령은 극장에서 살고 있다. 그리고 그곳에서 공연하는 아름다운 프리마돈나 크리스틴을 사랑하고 있다. 천사의 목소리를 타고난 오페라의 유령과 크리스틴과의 사랑 이야기가 골자다.

 두 번째 작품으로, <레미제라블>은 19세기 프랑스 대문호 빅토르 위고의 소설을 뮤지컬 화한 작품이다. 레미제라블의 초판 번역본에 보면 '너 불쌍토다'라는 말로 번역이 되어 있는 것을 볼 수 있다.

주인공 장발장은 빵을 훔친 죄로 19년간 수감생활을 하다 나왔지만, 전과자라는 이유로 아무도 돌봐주지 않는다. 그러다 미레일 주교를 만나고, 전혀 다른 삶을 살아간다. 남을 도우면서 살지만, 자신을 쫓는 자베르 형사와 대치하며 여러 가지 일을 겪게 된다. 주인공 자베르의 이야기로 펼쳐지는 시대적인 역사, 사랑과 인생에 대한 것들을 종합하는 대서사시라 할 수 있다.

 세 번째 작품으로, <캣츠>는 시인 T.S.엘리엇의 시로 만든 뮤지컬로 30마리의 고양이들의 이야기를 담고 있다. 실제로 그는 고양이를 좋아하고, 여러 마리 키우는 집사였다고 한다. 아이들에게 고양이에 대한 시를 써서 편지를 보낸 게 첫 시작이었고, 그 편지들이 모여 시집이 되었다고. 그래서인지 뮤지컬 <캣츠>는 각자 캐릭터가 보이는 특성은 있지만, 극적인 요소는 크게 없다. 그것이 특징이라면 특징일 터. 고양이를 의인화하여 다양한 사람들의 모습을 보여주며 특수 분장과 의상이 인상적이다.

 네 번째 작품으로, <미스 사이공>은 베트남 전쟁 속에서 베트남 여인 킴과 미국 장교 크리스의 아름답지만, 비극적인 사랑 이야기를 담고 있다. 네 종류의 뮤지컬 중에서 가장 수위가 센 뮤지컬이라고도 할 수 있다. 자극적인 조명과 연출이 들어가 있는. 철저히 서양인의 시각에서 그려졌다고도 볼 수 있는데 아무래도 만든 제작사가 서양인이어서 그럴 수 있다는 생각이 든다. 그런데도 4대 뮤지컬에 오른 이유는 음악적인 힘이 아닐까 한다.

 뮤지컬은 이야기가 주는 힘도 있지만, 음악이 주는 힘이 80%를 차지한다고 생각한다. 2시간이라는 한정된 시간 안에 드라마를 보여줘야 해서, 구성적으로는 일정한 공식이 있다. 그리고 음악이 주가 되어 움직이기에 음악에 맞춰 드라마가 따라가는 경향이 있다. 꼭 사건이 있는 이야기가 아니더라도 한 인물의 일대기를 보여주는 <에비타> 같은 작품도 음악이 좋으면 충분히 대중적인 뮤지컬이 될 수 있다.

 4대 뮤지컬 중 내가 가장 좋아하는 작품은 레미제라블이다. 전반적으로 작품 자체가 우울하긴 하지만, 처음부터 끝까지 노래로 구성된 송스루(Song through) 뮤지컬이라는 점. 그 안에 역사적인 대서사와 인물 한 명한 명에 대한 서사, 그리고 서로 얽힘. 내가 보기엔 전형적인 뮤지컬의 구성과 형식을 갖춘 극이라 생각한다.

 작품에 대한 호불호는 모두가 다르다. 사람마다 자신이 중요시하게 생각하는 부분과 시각, 좋아하는 스타일이 모두 다르기 때문이다. 다른 사람들이 다 좋은 작품이라고 말한다고 나에게 좋은 작품이 될 필요는 없다. 그렇기에 자신이 어떤 스타일을 좋아하는지 먼저 아는 것도 중요하다고 생각한다. 나는 드라마를 중요하게 생각하기에 드라마의 기승전결이 잘 된 작품을 좋아할 뿐이니까.

웨스트엔드 무대에서 만난
한국인 뮤지컬 배우

 짧은 기간 동안 여행을 와서 한두 작품의 공연을 볼 때는 돈보다는 시간에 초점이 맞춰져 과감하게 투자할 수 있을 것이다. 하지만 지금 나는 돈보다는 시간이 좀 많아 돈을 좀 아끼면 행복한 장기 여행 생활자다. 이제부터는 본격적으로 뮤지컬 관람에 나서기로 하는데, 뮤지컬 푯값이 만만치 않다.

 우리나라 공연 표는 좌석제로 VIP석, R석, S석, A석 순으로 가격이 정해져 있지만, 웨스트엔드 푯값은 정찰제가 아니어서 어떤 경로로 사느냐에 따라 가격이 다르다. 불리는 좌석도 다른데 영국 극장의 1층은 Stalls, 2층은 Royal Circle, 3층은 Grand Circle 그리고 4층은

Balcony로 불린다.

누구나 선호하는 좌석은 1층 중간 자리와 2층의 1열이 아닐까. 하지만 이것도 보편화할 수는 없는 법. 관객이 공연 볼 때 어떤 부분을 중요시하는지에 따라 선호하는 좌석이 다를 것이다.

배우의 실감 나는 표정과 연기를 보는 걸 좋아한다면 당연히 1층 앞자리를 선호할 테고, 무대 전체를 보는 게 좋다면 중간이나 뒷자리를 선호할 것이다. 나는 무대 전체가 눈에 들어와야 마음이 편한 사람이다.

나는 한정된 예산으로 좀 더 많은 공연을 보는 게 좋기에 여러 할인 정보를 찾아보기 시작했다. 공연 별로 할인 시스템은 달라 해당 사항에 맞는 게 있다면 시도하면 된다.

예를 들어, 오전 9시에 극장 앞에 줄을 서 있으면 선착순으로 10명~20명 정도 당일 공연 표를 저렴한 가격에 살 수 있다. 이른 시간이라고도 할 수 있지만, 목표가 분명하다면 움직일 힘이 나온다. '일찍 일어나는 새가 벌레를 잡아먹는다.'라고도 하지 않는가.

영국에서 정말 보고 싶었던 뮤지컬 중의 하나인 <미스 사이공>, 꼭 봐야겠다는 생각에 난 아침 일찍 일어나 공연장으로 향했다. 일찍 온 사람들이 이미 줄을 서 있었고, 나는 그 뒤에 섰다. 앞에 서 있는 사람들의 숫자를 헤아리며 '이 정도면 표를 살 수 있겠지?' 생각했다. 9시 정각이 되자 매표소가 열리고 한 명씩 뮤지컬 표를 구매한다. 내 차례가 되었고, 표를 손에 쥐는 순간, 안도의 한숨이 나왔다. '와! 진짜 <미스 사이공>을 영국에서 볼 수 있다니!' 약간의 벅참도 추가됐다.

 <미스 사이공>을 영국 런던에서 꼭 보고 싶었던 이유는 바로 이 작품의 백미라고 할 수 있는 '헬리콥터 장면' 때문이다. 항상 궁금하고 기대되었던 헬리콥터 장면! 1989년 <미스 사이공>이 초연했을 때부터 무대 위에 진짜 헬리콥터가 등장한다고 회자하여 꼭 봐야겠다고 생각했다. 한국에서 공연된 <미스 사이공>을 봤을 때는 헬리콥터 장면이 디지털로 연출이 되었었다. 시대의 흐름에 맞게 연출도 변화하는 게 있겠지만, 약간의 아쉬움이 있었다.

 또, 투이역으로 한국인 뮤지컬 배우가 출연하고 있다고 해서였다. '웨스트엔드에서 공연하고 있는 한국인 배우가 있다는데, 당연히 만사 제치고 가서 봐야 하는 거 아닌가?'라는 생각이 들었고, 그 배우가 바로 홍광호여서 더 설렜다.

 홍광호 배우와의 인연은 2008년으로 거슬러 올라간

다. 홍광호 배우와 영화 촬영을 한 적이 있는데 70년대 클럽 밴드의 이야기를 다룬 영화 <고고 70>이다. 이렇게 써 놓고 보니 대단한 인연인 거 같은데, 사실 난 클럽에서 춤을 추는 고고족 중 한 명의 역할로 영화에 참여했었다. 그래도 영화 엔딩 크레딧에 이름이 올라가고, 네이버 인물에 영화배우라는 타이틀이 달렸다.

 홍광호 배우는 나를 알지도 못하겠지만, 난 밴드 멤버로 연기를 한 주연 배우들 한 명, 한 명이 어떻게 성장하고 있는지 관심을 두고 지켜보고 있었다. 사실, 영화를 찍을 때만 해도 홍광호 배우에 대해 잘 몰랐었는데 시간이 흐르면서 뮤지컬계에서 독보적인 인지도가 생기고, 그의 노래 실력은 타의 추종을 불허했다. 뮤지컬 작곡과 음악 감독을 하시는 분께서 홍광호 배우야말로 넓은 울림통을 가지고 있어, 소리가 아주 깊고 노래는 최고라고 극찬하셨던 기억이 있다.

 뮤지컬 <미스 사이공> 줄거리를 잠깐 말한다면, 베트남의 한 클럽에서 일하는 여주인공 킴이 있다. 그곳에서 킴은 베트남 전쟁에 참여한 미 육군 크리스를 만나 사랑에 빠진다. 킴에게는 부모가 정해준 약혼자 투이가 있지만 킴은 크리스와 결혼한다. 하지만 킴은 아이를 가진 채 크리스와 헤어지게 된다. 한참 후 투이는 킴에게 찾아와 아이를 죽이겠다고 협박하자, 킴은 투이를 살해하고 방콕으로 간다.

 홍광호 배우가 맡은 역이 투이 역이다. 사실 뮤지컬을 보기 전에 영어 대사를 어떻게 연기할지 궁금했는데, 투이의 대사는 그리 많지 않고 노래가 대부분이었다. 그리고 살해당하기 때문에 무대 위에 등장한 시간도 길지는 않았다. 노래는 정말 최고였다. 한국인 배우를 웨스트엔드 무대에서 볼 수 있다는 사실 자체로 감격스러웠다.

 홍광호 배우는 2006년에 <미스사이공>이 한국에 초연했을 당시에 크리스와 투이 역의 언더 스터디로 활동하였는데, 웨스트엔드 무대에 서게 됐을 때의 심정은 어땠을지 가히 상상이 안 된다. 벅차다는 말로 다 표현이 될까.

 <미스 사이공> 작품의 모티브가 된 것은 '베트남 출신 어머니가 미국인 아버지에게 아이를 보내며 헤어지는 장면'이 담긴 사진 한 장이었다고 한다. 베트남 전쟁 후 퍼지게 된 사진이 뮤지컬 창작자들에게 영감을 준 것이다.

 '신문 기사 한 줄, 책에서 본 어떤 내용, 사진 한 장' 등 일상에서 그냥 지나칠 수 있는 것들이 대중의 마음을

흔들 어떤 작품이 될지는 아무도 모른다. 창작하고 싶은 입장에서 세상의 이야기에 관심을 두어야 하는 이유가 아닐까? 언제, 어디서 기가 막힌 소재를 발견할지 모르니까.

좀 더 적극적인 나였다면, 공연 후 퇴근길을 하면서 배우를 기다리고 인사라도 했을 텐데 그땐 왜 그렇게 여유가 없었는지. 공연 후 혼자 뿌듯함을 가득 채운 채 부랴부랴 집으로 갔다는 사실이다.

또, 막차를 놓치면 안 된다는 생각 때문에.

축 당첨! 로터리 티켓

 빠르고 편리한 디지털 사회 속에서 난 아날로그 삶을 지향한다. 발전하는 기술과 더불어 우리 삶 속의 많은 부분들이 기기로 대체되고 있지만, 어떤 부분은 아날로그로 남겨두고 싶은 마음이다.

 매일 실천하면서 소소한 행복을 느끼는 나만의 아날로그 루틴이라고 한다면 키보드 대신 연필로 글을 쓰는 것, 휴대전화를 놓고 산책의 시간을 갖는 것이다. 의식적으로 갖는 이 시간 덕분에 주변 삶의 속도전에 민감하게 반응하지 않고 나만의 페이스대로 삶을 유지하면서 살고 있다. 예전엔 고리타분하다고 생각했던 것들이 지금은 왜 이리도 좋아지는지, 또 그것들 덕분에 소소한 즐거움을 느끼고, 삶이 더 건강해지고 있다.

지금은 '클릭' 하나로 웬만한 것들을 다 할 수 있는 편리한 세상이다. 대신 좋은 것들을 선점하려면 인터넷 환경이 중요하다. 뮤지컬 티켓 예매도 예외가 아닌데, 인기 있는 공연의 좋은 좌석을 예매하려고 티켓 오픈하는 시간에 맞춰 대기하다가 클릭을 해 본 적도 있다. 초를 다투며 좌석이 사라지는 것을 보고 마음이 콩닥콩닥하기도 했다.

지금 시대엔 상상하기 힘들겠지만, 불과 몇 년 전만 하더라도 '아날로그적'인 방식으로 당일 뮤지컬 티켓을 아주 저렴하게 구할 수 있었다. '로터리(Lottery)' 티켓인데, 말 그대로 복권 추첨과도 같다고 할 수 있다. 이 할인 시스템을 적용하는 건 뮤지컬 작품마다 다르지만, 대개 공연장 정문 앞에서 공연 시작 두 시간 전에 추첨이 진행된다.

로터리 티켓 참여는 어떻게 하는가? 보고 싶은 뮤지컬 공연장 앞에 가면 투명 플라스틱 상자가 놓여 있고 옆에 종이와 펜이 있다. 종이에 이름과 연락처를 써서 플라스틱 박스에 넣으면 참여 완료! 그리고 공연 시작 두 시간 전에 그 앞에 와서 대기를 하고 있으면 된다. 당일 공연 좌석의 총 20석 정도 배정되고, 좌석은 거의 맨 앞

줄일 확률이 높다.

 추첨 시간이 되면 참여했던 사람들이 모여들기 시작한다. 관계자가 추첨을 시작하고 사람들은 그곳에 모여 추첨을 지켜본다. 이름이 하나씩 불릴 때마다 곳곳에서 탄식의 소리가 새어 나온다. 자신의 이름이 안 불린다면 확률이 점점 줄어드니 말이다. 그 광경을 지켜보는 것만으로도 재미가 있다. 하지만 뮤지컬 공연 전부가 로터리를 진행하는 건 아니기 때문에, 공연마다 로터리 티켓을 진행하는지 확인할 필요는 있다.

 당시 내가 보고 싶었던 뮤지컬 <북 오브 몰몬 The Book of Mormon>이 로터리 티켓 이벤트를 하고 있었다. 2011년 미국에서 초연된 이 작품은 65회 토니상에서 베스트 뮤지컬(Best Musical)을 포함해 9개 부문에서 수상하며 흥행에 성공을 거두었다.

 몰몬교도의 이야기를 다루고 있는데, 성격이 다른 주인공 두 남자가 아프리카 우간다로 파견되면서 그곳에서 일어나는 이야기를 다룬 뮤지컬이다. 몰몬교 신자들이 낯선 집의 벨을 누르면서 부르는 넘버인 'Hello'가 유명했고, 재미있는 넘버들이 많아서 보고 싶었다. 그리고 무엇보다 잘생긴 남자 배우들이 대거 등장한다. 가장 중요한 포인트가 아닐까 한다.

어렸을 때 내가 살던 시골에서 흰 와이셔츠에 검은 바지를 입고 말끔하게 생긴 백인 남성 둘이 선교를 다니던 것을 본 적이 있다. 그 종교가 바로 몰몬교였다. 그때 '어쩜 이렇게 멋진 외국 사람들이 시골까지 와서 전도하는 거지?'라고 생각했었다.

 어린 시절의 단편적인 기억과 소재가 맞물려 뮤지컬에 대한 궁금증이 더 일었고, 거기에 재미있다는 사람들이 입소문이 더해졌다. 꼭 보고 싶었던 이유 중 하나는 아무리 유명해도 종교적인 소재 때문에 한국에 들어오기는 힘들 거라는 생각 때문이었다.

 토니 어워드에서 수상한 작품은 그 이후에 티켓값이 천정부지로 뛰고, 티켓도 구하기가 힘들 정도가 된다. 그래서 로터리 티켓 추첨에 당첨될 때까지 해보자는 심정으로 레스터 스퀘어로 나갔다. 며칠을 나가게 될지 모르지만. 그리고 박스를 발견하고, 종이에 이름과 국적과 주소를 적어서 넣었다.

 그동안의 데이터를 돌려봤을 때, 이런 '당첨'의 운은 없었기에 별로 기대는 하지 않았고, 참여만으로도 특별한 경험이 될 거로 생각했다. 다른 곳에서 시간을 보내다가 추첨 시간에 맞춰 공연장 앞으로 갔다. 이미 많은 사람들이 공연장 앞에 모여 있었는데 국적이 참 다양했다. 이어 진행자가 나타났고, 추첨이 시작되었다.

"단 20명의 사람에게 행운의 티켓이 주어질 것입니다. 자 그러면 지금부터 추첨을 시작하도록 하겠습니다."

인원을 쓰는 칸이 있었는데, 만약 2명을 쓴 사람들의 티켓이 당첨되면 10팀에서 끝날 것이고 1명을 쓴 사람이 당첨되면 더 기회가 있을 것이다. 난 1명을 적었다.

첫 번째 이름이 발표되고, 당첨되지 않은 사람들의 탄식 소리가 여기저기서 들려왔다. 그리고 당첨된 사람이 제발 그 자리에 없길 바라는 눈치였다. 더 많은 기회를 위해. 다섯 팀 정도 추첨을 마쳤을까. 기회가 줄어듦과 동시에 '역시 난 당첨의 운은 없나 봐.' 하는 생각을 굳혀가고 있을 때, 갑자기 낯익은 이름이 들려왔다.

"조우후운주우 프롬 코리아" 나 잘못 들은 거 아니지? 다시 한번 또렷하게 내 이름이 들렸고, 난 손을 번쩍 들었다.

"여기요!"

역시 급할 땐 가장 편한 언어가 나온다. 사람들의 시선이 일제히 나에게 향했다. 이 순간만큼은 누군가에게 부러움의 대상이 되어 있었다. 그 시선을 받는 나는 기쁨과 동시에 부담감이 몰려왔다. 흡사 토니 어워드를 수상이라도 한 것만 같은 혼자만의 기분이랄까.

그 당시 <북 오브 몰몬> 티켓값은 100파운드를 훨씬 넘었다. 그런데 난 20파운드에 제일 앞자리에서 관람할 수 있게 된 것이다.

외국에서 공연을 관람하다 보면 관객들의 여유와 자유로움이 느껴진다. 옆에 앉은 사람들과 자연스럽게 대화하고, 웃고, 서로 호흡하며 공연을 관람한다. 모두가 공연을 함께 이끌어가고 있다는 생각이 든다. 관객들 한 명 한명의 표정을 보니 행복해 보인다. 재미있는 장면이 많아서 사람들이 쉴 새 없이 웃는다. 그 틈에서 반박자 늦게 따라 웃으며 생각한다.

'아 나도 대사를 듣고 바로바로 웃고 싶구나.'

단 한 명의 어른만 있어도

 어떤 일을 할 때 목적을 이루는 것이 왜 중요할까? 단순히 성공하면 좋기도 하지만, 성취의 경험에 의미를 두고 싶다. 아무리 미약한 노력이라도 그로 인한 성취 경험은 다른 일을 할 때도 영향을 준다. 나도 모르는 사이 내 몸에 새겨져 그 경험을 응용하면서 다른 일도 이루어나갈 수 있기 때문이다.

 그래서 어떤 분야에서든지 내가 할 수 있는 작은 목표를 세우고 성취를 하려고 하는 편이다. 그런 경험을 쌓아가서 좋은 점은 새로운 일을 맞닥뜨렸을 때 도망가는 일이 없게 된다. 그간의 경험 데이터를 살려 이루는 방법을 모색하고, 전보다는 쉽게 이루어나간다. 여러모로

도전 정신이 생기고, 삶에 활력도 생긴다.

 하지만 세상에 되어가는 일들 속에는 '노력'이 전부라고 할 수 없는 '운'의 영역도 있다. 노력하지도 않은 거 같은데, 뭔가 일이 잘 풀리고 알아서 척척 되어가는 것들 말이다. 그리고 운이 좋다고 느끼면, 계속해서 좋은 상황이 생기는 것 같다.

 로터리 당첨 경험도 '운'이라는 것이 작용하지 않았다면 나에게 오지 않았을 수 있다. 하지만 그곳에 일찍 가서 이름을 적는 행동을 했으니, 최소한의 노력이 작용하지 않은 건 아니다. 노력이 내가 감당할 수 있는 영역이라면 운의 영역은 내가 어떻게 할 수 있는 부분이 아님은 분명하다. 노력과 운이 함께 더해지면 굉장한 시너지가 생긴다. 계속해서 좋은 운이 나에게 왔으면 좋겠다고 생각한다.

 여기 그 '운'을 꿈꾸는 아이들이 있다. 바로 뮤지컬 <찰리와 초콜릿 공장 Charlie and The Chocolate Factory>에 나오는 아이들이다. 《찰리와 초콜릿 공장》은 아동문학가 로알드 달이 쓴 동화로 1964년에 출간되었다. 2005년에는 영화로 개봉하였고, 2013년에 웨스트엔드에서 호화 제작진을 구성해 뮤지컬로 제작되어 초연되었다. 내가 영국에 있었을 때 그 초연작을 볼 수 있게 된 것이다.

 전 세계 아이들에게 사랑을 받는 초콜릿 공장 주인인 윌리 윙카는 5개의 초콜릿 안에 든 '황금 티켓'을 받은 아이들에게 초콜릿 공장에 초대하겠다고 한다. 아이들은 5명 안에 자신이 들기를 희망한다. 5명 안에 드는 방법은 각양각색이지만, 아무래도 초콜릿을 많이 살 수 있는 사람이 황금 티켓을 받을 확률이 높아지는 건 당연지사.

 하지만 일 년에 단 한 번, 자신의 생일에 딱 한 개의 윙카 초콜릿을 먹을 수 있는 찰리도 자신이 황금 티켓을 받는 꿈을 꾼다. 비록 가족들과 함께 쓰러져 갈듯한 오두막집에서 살고 있지만 매일 밤, 잠들기 전 초콜릿 공장 안을 보는 상상을 하며 잠이 들곤 했다. 찰리의 당첨 확률은 희박했지만, 그의 간절한 바람이 통했던 것일까. 우연히 눈 쌓인 거리에서 돈을 주워서 윙카 초콜릿을 샀는데 그 안에 황금 티켓이 들어 있었다. 그래서 찰리는 초콜릿 공장을 갈 수 있는 행운의 주인공 5명 중한 명이 될 수 있었다.

 개인적인 취향으로 판타지 내용을 좋아하진 않지만, 뮤지컬 <찰리와 초콜릿 공장>은 무대를 보는 것만으로도 그 값을 다했다고 생각한다. 초콜릿 공장을 표현하는 무대가 무엇보다 상상을 초월했고, 움파룸파족들까지 화려함에 입을 다물지 못했다. 하지만 이러한 화려한 무대를 보면 감탄에 앞서 제작비 생각을 하지 않을 수 없다. '도대체 제작비가 얼마나 들어간 거야?' 영화 속의 장면을 어떻게 무대에서 구현할 수 있을까 생각했는데, 나름 잘 구현했다고 생각한다.

뮤지컬은 제작할 때도 그렇지만, 관람할 때도 참 봐야 할 것이 많다. 내용도 봐야 하고, 노래도 들어야 하고, 거기에 무대와 배우들의 연기까지 신경 쓰게 된다. 그 모든 것들이 내 맘에 들었을 때 '정말 괜찮다.'라는 표현을 하게 되는데, 그 모든 것들을 만족시키는 뮤지컬을 봤다. 바로 뮤지컬 <마틸다 Matilda>이다.

《마틸다》 또한 로알드 달이 1988년에 집필한 소설이다. 이후 1997년에 영화로 개봉되고, 뮤지컬 <마틸다>는 2010년에 영국 스탠포드에서 초연 후 웨스트엔드에서 공연됐다. 2018년, 한국에서 공연하면서 우리나라 사람들에게 알려지고 이후 2022년, 뮤지컬 영화로 제작되면서 더 유명해졌다고도 할 수 있다.

책 읽기를 좋아하는 초능력을 가진 어린 소녀 마틸다, 하지만 이런 마틸다와 어울리지 않는 가족이 있다. 마틸다에게 관심이 없는 아버지는 마틸다를 이상한 교장 선생님이 있는 공포의 학교에 입학시킨다. 하지만 그곳에서 마틸다를 진심으로 대해주는 허니 선생님을 만난다. 마틸다의 천재성을 알아봐 주는 허니 선생님과 함께 학교생활을 즐겁게 하고, 허니 선생님의 불행한 과거 이야기를 들은 마틸다는 자신의 초능력을 이용해 트런치불 교장 선생님을 쫓아내기 위한 작전을 편다. 결국엔 허니 교장 선생님을 쫓아내고, 허니 선생님이 집과 학교를 되찾고 평화를 찾는 해피엔딩의 이야기다.

 아직 뮤지컬 <마틸다>가 한국에 들어오지 않았을 때, 어떤 정보도 없는 상태에서 뮤지컬 <마틸다>를 보게 되었다. 보는 내내 입을 다물지 못했다. 위에서 말한 내용, 노래, 무대와 아이들의 연기 모두 완벽했기 때문이다. 그런 작품을 봤다는 거 자체도 감격인데, 마틸다가 한국에서 공연돼 더 좋았다. 한국어로 된 넘버를 부를 수 있다는 것이니까. 그건 바로 내가 아이들에게 뮤지컬을 가르치기 시작하면서, 나의 고민이 덜어진다는 의미이기도 했다.

 위 두 작품 모두 흥행에 성공하면서 아역배우들의 등용문이 되었는데, 이보다 훨씬 전에 공연된 뮤지컬 <빌리 엘리어트 Billy Elliot>를 빼놓지 않을 수 없다.

 80년대 영국 탄광촌을 배경으로 발레 소년의 꿈을 이

루어가는 이야기를 담은 작품이다. 이 작품 또한 2000년에 영화로 먼저 개봉했다가 2001년에 소설로 각색되었다. 뮤지컬은 2005년에 웨스트엔드에서 초연했고, 2010년에는 한국에서 공연되었다.

 1984년, 11세 빌리는 영국 더럼 카운티에서 아버지, 형과 함께 살고 있다. 아버지는 빌리에게 권투를 배우라고 체육관으로 보내지만, 빌리는 그곳에서 우연히 발레 수업을 하는 것을 보고 참여하게 된다. 발레의 매력에 빠진 빌리, 그리고 이 사실을 알게 된 아버지는 체육관 가는 것을 금지하는데, 윌리는 발레 선생님의 도움으로 계속해서 수업을 받는다. 선생님은 빌리의 재능을 보고, 런던의 왕립 발레학교(Royal Ballet School) 오디션을 제안한다. 우여곡절 끝에 오디션을 보게 된 빌리, 입학허가서를 받게 되고 시간이 흘러 빌리는 25세가 된다. 그리고 런던의 유명 극장에서 빌리는 발레 공연을 하고 아버지는 그 공연을 보는 장면으로 막은 내린다.

 난 한국 빌리를 처음 만났다. 그 이후 영국 빌리를 만났는데, 두 공연 모두 좋았다. 뮤지컬의 구성을 잘 살리고 노래가 좋고, '발레'라는 메인 춤이 있었지만, 또 다양한 춤이 보여 다채로운 공연이었다. 주인공 빌리가 오디션을 볼 때 춤을 출 때 어떤 기분이냐고 묻는 말에 "전기와 같다."라고 말하는데, 그 장면이 모든 것을 설명해 주지 않나 한다. 빌리가 자신의 감정을 주체하지 못하고 추는 탭댄스 장면, 그리고 마지막에 힘껏 날아오르는 발레 장면은 가히 최고라고 말할 수 있다.

 환경이 어떠하든 우리 누구에게는 자신이 원하는 것을 꿈꾸고, 소망할 권리가 있다.

 세 작품의 주인공들에겐 자신들만의 탈출구가 있었다. 찰리에겐 꿈꾸며 상상하는 것, 마틸다에겐 책 읽기, 빌리에게 그것은 춤이었다. 그리고 그들의 삶에 날개를 달아줄 한 명의 어른이 있었다.

 어린이들에겐 의지할 수 있는 단 한 사람의 어른만 있어도 세상의 풍파는 쉬이 이겨낼 수 있다. 마음속에 가득한 꿈이 있으면 어떤 어른이 주는 기회로 행운의 찬스를 거머쥘 수도 있다. 아이의 작은 재능을 알아봐 줄 수 있는 단 한 사람만 있어도 아이는 그 재능에 날개를 달 수가 있다. 삶에 목표를 가지고 전혀 다른 삶을 살 수 있다.

 공연을 보면서 나의 어린 시절을 소환해 본다. 작은 방에서 창밖을 보면서 세계를 무대로 내 꿈을 이루는 상상을 했다. 그때는 원하는 것을 얻는 기적 같은 행운도 없었고, 부당함에 맞설 수 있는 용기도 없었고, 목표를 향해 끈질기게 나아가는 열정도 없었다.

 하지만 인생에서 고민이 될 때 삶의 지표를 알려줄 의지할 만한 어른은 있었던 것 같다.

 그리고 지금 난 누군가에게 그런 어른이 되었으면 하는 소망을 가져본다.

통한다는 것

 영국으로 오기 전, 독일에서 한 달가량을 머물며 여행
했다. 그때 뮌헨에서 만났던 친구가 있었는데 계속 연
락이 이어졌고, 그녀가 나를 만나겠다고 영국으로 왔
다. 재미교포였던 그녀는 한국에서는 살아본 적이 없었
지만, 한국어를 곧잘 했는데 한국 드라마와 TV 프로그
램을 보면서 한국어를 배웠다고 했다. 그녀는 미국에서
대학을 졸업하고 독일에 와서 영어 가르치는 일을 하고
있었다.
 마음이 통하는 사람은 짧은 시간을 봐도 서로가 알아
본다. 관계를 유지하기 위해서는 서로의 노력이 필요하
지만, 적어도 그 관계가 처음 이루어지기 위해서는 서

로에게 매력을 느끼는 포인트가 있어야 하지 않을까. 동성이든 이성이든 간에. 우리가 짧은 시간에 서로 친해질 수 있었던 것은 '배려'하는 사람이란 걸 서로가 알아봤기 때문이다.

 여행지에서 만나 아플 때 약을 챙겨 보내 줄 정도의 친구가 되는 경험은 정말 특별했고, 우연히 가 아닌 다시 일부러 만났을 때는 반가움이 두 배였다. 하지만 감격에 취해 있다 보니 뭘 해야 할지는 생각하지 않은 상태였다. 런던 시내 중심가인 피카딜리 서커스에서 만난 우리는 길을 걷다가 뭘 할지에 대해 고민한다. 사실 반가운 친구를 만나면 수다 떠는 것만으로도 좋지만, 그녀에게 이곳은 여행지였기에 뭔가 의미 있는 것을 해야만 할 것 같다. 그렇게 걷다가 우리가 발길을 멈춘 곳은 뮤지컬 <원스 Once>를 공연하는 극장이었다.

"이거 볼까?"

"그럴까요?"

 매표소에 갔더니 당일표를 살 수 있었다. '아, 이렇게도 뮤지컬을 볼 수 있구나.' 생각했다.

 2006년 <원스> 영화가 나왔을 때 신선했다. 아일랜드에 대한 나라가 궁금해진 것도 이 영화를 보고 나서였다. 음악 영화의 장점을 살려서 뮤지컬로 제작이 되었는데, 서정적인 분위기의 영화가 무대 위에서는 어떻게 펼쳐질지 궁금했다.

 기존의 공연장들이 무대 위에 막을 가려 놓았다면, 원스는 그 형식을 파괴한 것 같았다. 뮤지컬 '원스'의 무대는 아일랜드의 한 펍(Pub)을 연상시켰으며, 무대 중간에서 악기로 아일랜드 곡을 연주하는 사람들과 그 주위를 둘러싸고 있는 관객들이 있었다. 정말, 펍 안에서 자유롭게 공연하는 듯한 느낌이 어우러졌다. 모두가 어울리는 분위기는 공연 전까지 계속되었고, 스태프의 안내에 따라 관객들이 무대에서 내려가 자신들의 자리에 앉고 배우들은 소대로 들어가며, 조명이 어두워지면서 공연 시작을 알렸다. 무대는 변하지 않지만, 극이 바뀔 때마다 변주(Varation)된 원스의 음악들로 무대 위에 있는 악사들이 연주하며 공간을 바꾸어 나간다. 악사들은 또한 연기자가 되어 극을 더욱 풍성하게 이끌어 준다.

 길거리에서 기타를 치며 노래하고 있는 남자 주인공이 있고, 여자는 그에게 다가가 말을 건다. 일을 갖는 건 어떠냐며 여자가 말했을 때 남자는 청소기 고치는 일을 하고 있다고 하고 마침 여자네 청소기가 고장 나서 그에게 부탁하며 그 둘의 인연이 시작된다. 남자에게는 뉴욕에 있는 여자 친구가 있고, 여자에게는 딸이 있다. 여자는 길거리에서 꽃을 팔고 있는데, 악기 가게에서 피아노를 연주하는 것이 낙이다. 그렇게 남자가 작곡한 곡으로 서로 연주하면서 그 둘은 더욱 가까워진다. 미묘한 감정의 기류가 흐르지만, 그 안에서 절제가 있다.

누구나 이런 우연적인 필연을 꿈꾼다. 특히나 낯선 이 국땅에서는 로맨스가 더 쉽게 찾아오기도 한다. 그래서 여행 할 때 느낄 수 있는 낯선 감정을 즐기려고 노력한다. 이들에겐 일상에서 다가온 색다른 감정이었지만, 그 감정들을 다 펼쳐 보이지 않고 절제해서 담아낸다. 그래서 더욱 아름다운 추억으로 남는 거 아닐까.

자신에게 주어진 상황에 충실하며 맘껏 표현하고 살아야 후회 없는 인생이라 생각했는데 그렇지도 않은 것 같다. 생각했던 방향으로 인생은 흘러가지 않는다는 것을 인정하게 되면서, 맘껏 표현할 수 없는 사랑도 있다는 것에 공감하게 되었다.

뮤지컬 <원스>를 보고 난 후, 우린 또 거리를 걸었다. 오전의 영국 거리의 풍경과 밤의 풍경은 사뭇 달랐다. 분명 같은 거리였는데 다르게 느껴졌다. 또, 영국 거리 구석구석에 있는 건물은 <원스>의 주인공들이 걸었던 아일랜드와 어딘가 모르게 닮아 있다는 생각이 들었다.

그리고 그다음 날, 우리는 아일랜드 더블린으로 향하는 비행기에 몸을 싣고 있었다.

나를 행동하게 한 뮤지컬

기타를 들고 싱어송라이터가 되어 노래하는 모습
화려한 댄스복에 하이힐을 신고 멋지게 춤을 추는 모습

 내가 상상했던 나의 모습이다. 그래서 기타 치는 걸 배
웠고, 춤도 종류별로 배웠다. 하지만 직접 배워보고 나
서 아니라는 것을 확실히 느낄 수 있었다.
 어떤 분야든 배우고 싶어서 발을 들여놨을 때, 흥미를
느끼거나 재능이 조금이라도 있다면 꾸준히 할 수 있다
고 생각한다. 하지만 배우면서 자꾸 주눅이 든다거나,
재미를 느끼지 못한다면 지속하기 어렵다.
 이 두 분야가 나한텐 그랬다. 도달하는 목표 지점에서

꿈꾸는 나는 있었지만, 그거에 비해 과정이 흥미롭지 않았다. 막연하게 꿈꾸는 이미지와 그 이미지 한 컷을 위해 해나가야 하는 과정은 너무도 달랐으니까.

그렇다고 한들 아직 완전히 포기하지는 않았다. 지금은 닿을 수 없을 것 같지만, 언젠가 닿을 수 있지 않을까 하는 막연한 생각을 해본다.

잠자고 있던 나의 로망이 다시 꿈틀 때가 있다. 로망으로 생각했던 것을 멋지게 하는 누군가를 봤을 때….

바로 뮤지컬 <원스>를 봤을 때 그러한 욕망이 살짝 꿈틀거렸다. 누군가는 이제 내려놓으라고 말할 수도 있지만, 또 해야 할 때가 온다면 하고 있지 않을까?

<원스>를 보면서 첫 번째 나의 로망이 꿈틀거렸다면, 뮤지컬 <더티 댄싱 Dirty Dancing>을 보면서 두 번째 로망까지 꿈틀거렸다.

<더티 댄싱>은 1987년에 영화로 먼저 개봉했다. 감독이 그의 특기를 살려 저예산으로 '춤을 즐기기 위해' 만든 작품이었는데 베이비 신드롬을 일으켰다. 호주에서 2004년에 무대로 만들어지고, 2006년에는 웨스트엔드에서 뮤지컬로 공연되었다. 웨스트엔드에서 첫 공연이 시작되기 전에 6개월 치의 티켓이 동이 나며 120억 원에 달하는 예약판매를 거둔 기록적인 뮤지컬이다.

17세 고등학생인 베이비는 가족과 함께 아버지의 친구가 운영하는 호텔로 피서를 떠난다. 휴가 동안 우연한 기회에 춤의 묘미에 빠져든 베이비. 리조트 댄스 강사인 자니를 만나 뜻밖에 사랑에 빠지게 된다. 하지만 그들의 사랑은 부유한 베이비의 가족과 사회적인 계급 차이로 장애물에 부딪히게 된다. 내용은 어디선가 많이 본 듯한 내용으로 단순하기도 하지만, 영화를 보고 나면 명작이라는 느낌이 들게 한다.

뮤지컬의 밴드 연주자들은 오케스트라 피트가 아닌 무대 위 2층에 올라가 있었고, 댄스뮤지컬이라 그런지 무대는 아주 단순했다. 무대의 거의 모든 배경은 디지털로 표현하였고, 중간중간 내용 전환용으로는 피서라는 배경을 고려, 앙상블들의 놀이를 통해 중간중간 코믹 요소들도 살려내었다. 댄스 뮤지컬이기 때문에, 댄스에 관한 이야기를 빼놓으면 안 되는데, 배우들의 댄스 실력은 완벽했다. 보는 내내 눈을 즐겁게 해주며, 황홀한 매력에 빠지게 했다. 무엇보다 댄스 강사 자니가 베이비 가족이 휴양했던 무대로 등장해 베이비와 함께 멋진 춤을 추는 마지막 가히 최고의 장면이라고 말할 수 있다. <더티 댄싱> 하면 상징과도 같은 리프트 장면은 두말할 것도 없고. 어찌나 가벼워 보이던지. 흥행한 영화를 무대 공연에 맞춰 춤과 노래를 재구성한 뮤지컬을 '무비컬'이라고 하는데, 이런 작품들은 아마도 만들 때 부담이 더할 것이다. 나도 살짝 뮤지컬을 보고 실망하면 어쩌나 걱정했었는데, 그 걱정이 무색할 정도로 훌륭한 작품이었다. 그리고 무엇보다 잠자고 있던 나의 욕망에 불을 지피고, 행동하게 했다는 사실이 중요하다.

난 뮤지컬을 본 다음 날, 바로 런던에서 살사 댄스 배울 수 있는 곳을 찾아갔다. 세인트 폴 성당 근처의 한 펍에서 일주일에 한 번씩 살사 강습이 이루어진다고 했다. 두근두근하는 마음으로 첫 강습에 참여했고, 참여한 사람들과 인사를 나누며 춤을 배웠다. 한국에서 춤을 배우러 갔다면 혼자서는 절대 못 갔을 텐데, 어디서 그런 용기가 났는지 나 자신이 대견하게 느껴졌다. 그런데 영국에 있을 수 있는 시간이 얼마 남지 않았다는 사실이다.

낯선 곳에서 느껴지는 시간의 속도가 익숙한 곳에서 느끼는 속도보다 세배쯤은 빨리 가는 것 같다.

웨스트엔드도 완벽하지 않았다

런던에 와서 좋았던 건 느림의 미학을 실천할 수 있다는 것이었다. 런던에서 빨리 이것저것 봐야 하는 여행자가 아닌 천천히 생활자의 시선에서 이방인으로 본 런던은 역사와 전통을 자랑하는 고풍스러운 매력이 있다는 것. 사람들의 자존심과 의식은 앞서가지만, 생활은 아날로그라는 점이다. 그래서 내가 좋아하는 부분이 있지 않나 한다. 언더그라운드라고 하는 지하철에서는 인터넷이 터지지 않고, 그래서인지 책을 읽는 사람들을 많이 볼 수 있었다. 하지만 요즘 지하철 풍경은 또 어떨지 모르겠다. 시시각각 변하는 세계이다 보니.

런던에 있으면서 적지 않은 한국인을 만났다. 국제적

으로 일을 하는 사람들이 많았다. 그중 미국에서 일을 하다 영국으로 와서 직장에 다니는 사람들이 말한다. 미국에서는 일도 많이 하고, 모든 게 빨리빨리 변해서 늘 긴장 상태에서 살았는데 영국은 조금 느슨하게 살 수 있어 좋다고 했다.

 런던에 있으면서 그 시기에 공연하는 뮤지컬은 웬만큼 다 보자 생각했는데, 목표는 어느 정도 이룬 것 같다. 그런데 조금 아쉬웠던 부분은 새롭게 웨스트엔드 무대에 오르는 작품을 많이 만날 수 있기를 기대했는데, 그런 작품은 많지 않았다는 점이다. 이미 많이 공연되고, 흥행성이 있는 안정적인 작품들이 주로 공연되고 있었다. 특히 책이나 영화로 나와 인기가 있는, 인지도 있는 작품을 뮤지컬로 제작하는 경우가 많았다. 기존과는 다른 색다른 시도를 하는 공연도 기대했는데, 한두 작품 정도였을까.

 그리고 웨스트엔드에서 공연되고 있는 뮤지컬의 특징이라 한다면 극으로 드라마가 보이다가 노래와 연결되는 구성이 대부분이었다. "와!"하고 탄성을 자아낼만한 새로운 시도는 없었다는 게 나의 결론이다.

 아무래도 웨스트엔드 뮤지컬 주 관람객이 세계 각지에서 오는 관광객이니 알려진 익숙한 내용으로 공연을 제작하는 게 여러 면에서 더 좋을 것이다. 뮤지컬이 한 극장에서 상시 공연 할 수 있는 이유도 이 부분 때문이지 않을까 한다.

 그리고 오지 않을 거 같던 그날은 다가오고 있었다. 오지 않기를 바란 날이었는지도 모른다. 바로 런던에서의 마지막 날. 그냥 있을 수만은 없다는 생각에, 마지막 날까지도 뮤지컬을 관람하기로 했다. 내가 웨스트엔드에서 간절히 바랐던 새롭게 시도되는 뮤지컬이었다.

 내가 런던에 있을 당시에 외국에서도, 한국에서도 오디션 프로그램이 유행이었다. 이 소재로 뮤지컬이 나오겠다는 생각은 했었는데, 아나나 다를까 웨스트엔드에서 제작해서 이제 막 공연되는 것이다.

 한창 유행인 오디션 프로그램, 어떻게 극을 이끌어갈지가 매우 기대됐다. 공연장에 들어가서 자리에 앉았는데, 동양인은 나밖에 보이지 않는 것 같았다. 옆자리에 앉은 젊은 친구가 인사를 건네줘서 공연이 시작되기 전까지 이야기를 나눌 수 있었다.

 공연이 시작되었고, 1막을 재미있게 보았다. 그리고 인터미션이 되었다. 인터미션이 되니 내일 런던을 떠난다는 사실이 새삼 실감 나며, 상념에 잠겼다. 해야 할 일들을 떠올리며 머릿속이 아주 바쁘게 돌아갔다. 정신을 차리고 시계를 본다. 20분이 얼추 지난 거 같고, 2막이 오르길 기다렸다. '2막엔 또 어떤 내용이 나올까?' 생각하며 나름 내용을 상상해 보고 있는데 갑자기 안내 방송이 나온다. 기술적인 문제가 생겨 당장 공연을 시작할 수 없으니 기다려달라는 내용이었다. 곧 시작하겠지, 생각하면서 기다린 시간이 한 시간을 훌쩍 넘어 있었다.

 기다리던 공연은 시작하지 않고 계속해서 방송이 나온다. 만약 오늘 공연을 진행하지 못하면 다음에 와서 다시 공연을 볼 수 있게 조처하겠다는 방송이다.

 나는 오늘 아니면 안 되는 사람인데….

 다음이 없는 사람인데….

 다음이 없다는 것, 괜히 슬프게 다가온다. 한편으론, 또 이런 생각이 들었다. '웨스트엔드에서 기술적인 문제가 생겨 공연을 도중에 못 한다고?' 놀라지 않을 수 없었다. 나도 모르게 이곳은 절대 문제가 발생할 리 없는 '완벽한 곳'이라는 프레임을 씌운 건 아닐지….

 그렇게 런던 생활의 완벽한 마지막 날을 보내겠다는 나의 계획은 이루어지지 않았다. 하지만 완벽한 게 무엇이던가! 애초에 완벽한 게 존재는 한 것일까? 사람이 하는 일이기에 실수가 있을 수도 있고, 그 실수를 통해서 발전하는 거지. 어쩌면 이런 경험들로 세상을 대하는 나의 태도, 사람을 대하는 나의 태도가 더 유연해질 수 있는 것 아닐까. 완벽함보다는 유연함이, 이 세상을 살아가는 데 있어 더 중요한 요소일지도 모른다. 하지만 이거 하나는 분명할 거다. 이 또한 아무나 할 수 있는 경험은 아니라는 걸.

 다음 날, 난 또 다른 로망을 실현하기 위해 프랑스 파리로 향하는 유로 스타에 올랐다.

"영국 안녕! 다시 올게."

미국
(뉴욕 브로드웨이)

미국 독립 기념일과 나와의 상관관계

 가야 할 장소에, 목표는 딱히 없었다. 원래 계획대로라면 난 지금쯤 편안한 숙소에서 짐을 풀고, 샤워를 마치고, 오랜 비행의 여독을 풀면서 쉬고 있어야 했다. 그런데 난 지금 너덜너덜해진 몸과 마음을 가지고 어딘가에 떠밀려 가고 있다. 그래! 딱 떠밀린다는 표현이 맞다. 앗! 예전에 했었던 비슷한 경험이 내 머릿속에 순간 겹친다.

 스물한 살의 풋풋하고 호기심이 왕성한 나이, 난 그때도 이렇게 많은 인파에 떠밀려 걷고 있었다. 마포대교 위를! 그날은 세계 불꽃 축제를 하는 날이었다. 뭐든 실제로 보고, 느껴봐야 한다는 마음과 체력이 받쳐주는 때라고 자신했지만, 돌아오는 길의 체력은 이미 바닥나 있었다. 장관을 이루는 불꽃놀이보다는 이리저리 밀리는 사람들, 그리고 사람들의 소리, 그리고 대중교통을 탈 수 없어 계속 걷고 걸었던 기억의 밤이었다.

 '젊어서 고생은 사서도 한다.'라는 속담을 실천하느라 부단히도 애썼던 나의 젊은 시절이지만, 더 이상 젊지 않다고 느껴지는 나이에까지 고생을 그렇게 사서 할지 몰랐다. 나도 모르는 사이 몸에 박힌 습관이 된 것일까. '왜! 굳이! 이렇게까지 해야 하나?'라는 물음이 머리를 강타하기 전에 몸은 항상 먼저 움직이고 있었다.

 그날도 마찬가지였다. 한국을 떠나기 전부터 걸렸던 감기에, 14시간의 비행과 입국하느라 서서 기다렸던 시간 2시간에, 바로 숙소까지 오는 차를 탈 수 있었는데 숫자를 잘못 듣는 바람에 헤매다 또 버렸던 2시간, 몸이 맥을 못 출 때쯤 차는 맨해튼에 입성했고, 사진과 영상으로만 보던 타임스스퀘어를 지나고 있었다. 창문 밖으로 보이는 풍경에 잠깐이나마 카페인을 주입한 듯 정신이 차려지긴 했다.

 마천루가 하늘 높은 줄 모르고 솟아 있는 곳, 멋진 정장을 입고 한 손에는 커피를 들고 한 손에는 서류 가방을 들고 어디론가 바쁘게 걸어 다니는 사람들! 건물이고, 사람이고 모두 화려할 것만 같은, 도시 자체가 펄떡 펄떡 살아서 숨 쉬고 있을 것만 같은 도시 '뉴욕'에 대해 가졌던 환상.

뉴욕 유명한 식당에서 멋지게 차려입고 여유를 만끽하며 브런치를 먹고, 공원이나 강변을 따라 달리는 상상도 가끔 해보곤 했는데 아주 초라한 행색으로 뉴욕 땅을 밟고 있을 줄이야.

아주 까다롭다는 미국의 입국 심사는 다행히 빨리 끝나 좋은 예감을 가졌는데, 그 뒤부터가 문제였다. 공항에서 예약해 둔 숙소까지 셔틀버스를 예약했고, 같은 방향의 여행자들이 한차에 다 타고 출발한 지 30분 정도 만에 맨해튼에 들어서서 사람들이 하나둘 자신의 숙소 앞에서 내리고 있다. 그리고 나 혼자 남았다. 내 숙소가 제일 끝에 있었나 보다. 번화가를 지나 다른 승객들을 다 내려주고 맨해튼 위쪽에 있는 나의 숙소에 도착했다. 45일을 미국에서 보낼 큰 캐리어 하나, 그리고 배낭! 이 짐이 전부였다. 짐을 내리고 난 와이파이가 잡히는 식당으로 들어가 숙소 주인에게 전화를 건다. 아! 연락받지 않는다. 순간 별생각이 다 든다.

뉴욕에서 한 달살이를 하기 위해 한인 부동산 사이트

를 이용해 예약했다. 원하는 날짜에 적합한 방을 찾기
도 쉽진 않았다. 하지만 운이 좋게 방학 동안 한국에 들
어오는 유학생이 있어 서블릿을 찾을 수 있었다. 서블
릿은 해외 유학생들이 방학 기간 세를 놓는 형식의 집
을 말한다. 나에게 방을 내어준 친구는 이미 그곳에 없
고, 다른 친구들이 함께 살고 있어 도와줄 거라 말했다.
그래서 믿고 왔는데!

 일단 허기를 달래고 생각하자며 해장국을 주문하려
던 순간, 메뉴판을 보고 정신이 번뜩 든다. 그리고 해장
국 대신 이름도 제일 긴 그럴듯한 햄버거를 시켰다. 그
리고 숨을 고르고 있던 찰나, 전화가 왔다. 방을 빌려준
분의 친구 전화였다. 다들 지금 집에 없어서 집에 들어
가긴 힘들다고 한다.

'그러면 대책을 세워놔야 했을 거 아니야!'

 마음속으로만 부르짖고, 전화로는 최대한 예의를 갖춰
괜찮다고 말한다. 나도 참, 뭐가 괜찮다는 건지!

 내가 도착한 날은 평일이었지만 7월 4일, 미국의 독립
기념일이어서 공휴일이었다. 그다음 날은 주말이었고,
황금 같은 휴일이어서 그 집에 있는 친구들은 바닷가로
멀리 놀러 갔다고 한다. 그리고 기댈 수 있는 남은 한
명조차 한 시간 정도 멀리 떨어진 곳에 있어 밤에나 온

다고 하고. 마음이 와장창 무너진다. 마음을 가다듬고 어떻게 해야 하나 고민하고 있을 무렵, 방 빌려준 주인이 연락이 왔다. 그 아파트 아래 사는 다른 친구한테 부탁해 놨으니 일단 그 집에 잠깐 짐을 맡겨 놓으라고 한다. 짐만 맡겨놓고 난 뭐 하라는 건지! 화는 머리끝까지 차오르고 있었지만, 생각을 바꾸기로 한다. 화를 낸다고 지금 상황에서 바뀌는 게 없으니 말이다. '짐이라고 맡길 수 있는 게 어디야!'라고 생각한다. 이 정도 상황이 되면 숙소를 빌려준 사람에게 뭐라고 할 수도 있었지만, 뭐라고 하면 뭐하냐는 생각. 그리고 또 너무 미안해하는 그의 마음이 느껴지기도 했고, 이제 꿈에 그리던 뉴욕에 왔는데 마음을 시궁창으로 빠트리고 싶지 않아서 얼른 환기하려고 했다.

 '무슨 일이든 생길 수 있어. 짜증 나는 마음은 충분히 생길 수 있지만, 그 상황에 대처하는 방법을 생각하고, 생각을 달리하면 돼. 모든 일이 순조로우면 좋겠지만, 또 그러면 재미없잖아?'

 밑바닥까지 떨어져 있던 초긍정 주의를 끌어올릴 수 있는 대로 끌어올리려 했지만, 사실 마음이 그렇게 따라주진 않았다.

 마음을 가다듬고 있을 때, 숙소 주인이 보낸 구세주가

내가 있는 식당으로 나타났고, 그의 부르심을 받고 온 그녀는 내 짐을 들고 연신 사과했다.

'그쪽이 사과할 건 아닌 거 같은데…'

그 친구와 짐을 옮기면서 짧은 시간 동안 많은 이야기를 나눴다. 뉴욕에서 유학하고 있다는 그녀는 첼로를 전공하고 있다고 했다. 짐만 놓고 자신도 바로 나가봐야 한다고 해서 함께 지하철역까지 나왔다.

'난 이제 어디로 가야 하는 거지?'

갈 길을 잃었다. 그 친구는 오늘 독립 기념일이라 남쪽에서 불꽃 축제가 열릴 거라면서 가보라면서 보기 좋은 장소까지 알려주었다.

'아마 예정대로 숙소에 잘 안착했다면 난 지금쯤 침대와 하나가 되어 있겠지? 그래, 비록 몸은 고단하지만 잠깐만 버티면 되고, 잠이야 열쇠만 받으면 원하는 대로 잘 수 있으니까…'

머리가 합리화하는 사이, 이미 또 내 몸은 그곳으로 향하고 있었다.

혼자 불꽃놀이를 보러 가는 길은 쓸쓸하고 또 쓸쓸했다. 지하철에서 나와 인파에 떠밀려 길 한복판에 서서 불꽃 축제를 관람하고 있는 나는 한국에서 몇 년 전 같은 날 집 옥상에서 보던 미군 부대 불꽃놀이를 회상하기도 했고, 또 영국에서 놓쳤던 새해 불꽃 축제를 떠올리기도 했다. 나와는 아무 상관도 없다고 여겼던 미국 독립 기념일은 이렇게 아로새겨져 7월 4일이 되면 난 이 순간을 떠올리겠지?

 그리고 해를 거듭하면서 진짜 그러고 있는 나를 발견했다.

형식 파괴는 언제나 신선하지

 한국에서 한달살이할 뉴욕의 숙소를 구할 때, 비싼 가격에 한번 놀라고 또 뉴욕이 생각보다 넓다는 사실에 한 번 더 놀랐다. 그리고 내가 원하는 날짜만큼 동안 대여가 가능할까 하는 것이었다. 이왕이면 뉴욕의 중심인 맨해튼에 있고 싶었지만, 적당한 방을 구하지 못하면 인근 지역인 퀸스, 플러싱, 브루클린까지도 생각하고 있었다.

 비행기 표를 구매하고, 몇 날 며칠 방을 찾기 위해 인터넷을 수도 없이 들락거렸다. 그리고 괜찮은 집이 나와서 예약하고 예약금을 걸으려고 한 순간, 인터넷 뱅킹이 점검에 들어갔다. 그다음 날 입금하려는데 먼저 예약금을 입금한 다른 분께 방이 갔다고 한다. 아! 그때의 절망감이란.

 눈여겨보던 것을 내 것으로 만들 때 조금이라도 고민하면서 유예하고 있다면 내 것이 아닐 확률이 높다. 내 것이라면 한 치의 망설임 없이 그것을 취하려는 마음이 들 테니. 예약한다고 말하고 예약금을 걸기까지 당장 할 수 있는 것을 난 몇 시간이라도 유예했다. 그건 내 마음에 100%로 가 아니었다는 말과도 같다.

 그런데 그걸 놓치자 아쉬워하고 있는 모습이라니. 그리고 그 이후 실의에 빠져 있는 모습이라니. '이렇게까지 뉴욕에 가야 해?'하며 혼자 객기를 부려보다 맘에 드는 집 발견! 전과 같은 실수를 반복하지 말자며 바로 예약금을 입금했다.

 내가 빌린 방은 27층 아파트로 맨해튼 위쪽에 있었다. 방 창문을 통해 허드슨강과 매일 아침 하늘과 맞닿은 곳에서 뜨는 해를 볼 수 있었다. 저녁이 되면 보이는 야경은 끝내줬다. 뉴욕으로 여행 오면 맨해튼 전경을 보기 위해 가게 되는 록펠러 센터 전망대 (Top of the Rock)이 부럽지 않았다.

 주변 환경은 이민자들이 많이 사는 동네 같았다. 바로 앞에 있는 슈퍼에는 스페인어 방송이 나오고 라틴 음악을 계속 들을 수 있었다. 스페인어를 좋아하는 나로서는 정겹다는 느낌이 들었다. 그리고 무엇보다 함께 사는 친구들이 전부 음악을 하는 친구들이었다 (처음에 연락이 안 되던 그 친구들 맞다). 뉴욕에서 음악으로 유학하고, 꽤 오랫동안 뉴욕에서 살고 있었던 친구들이었기에 가끔 모여 이야기를 나누는 것도 재미 중의 재미였다. 피아노를 치는 친구, 드럼을 치는 친구, 기타를 치는 친구 이렇게 세 명이 각자 살고 있었고, 나에게 방을 빌려준 친구는 바이올린을 전공한 친구라고 했다. 대화 주제는 다양했다. 여행에 관한 이야기, 그리고 각자 좋아하는 음악을 소개해 주고, 공연 이야기도 빠질 수 없었다.

"지금까지 본 공연과는 다른 공연이었어요. 진짜 기회 되면 꼭 한 번 보세요."

그 친구들이 강력히 추천해 주는 공연이 있었으니, <슬립 노 모어 sleep no more> 였다. 그게 도대체 뭐길래? 이렇게 입에 침을 튀기어 가며 열성적으로 설명을 해주시는지. 하지만 설명만 들어서는 어떤 공연인지 감을 잡을 수 없었다.

셰익스피어의 <맥베스>의 이야기를 기반으로 만들었다는 것, 호텔을 개조해서 전체 건물이 공연장이라는 것, 관객이 가만히 앉아서 공연을 관람하는 것이 아니라 돌아다니면서 봐야 해서 꼭 운동화를 신고 가방은 안 가져가는 게 좋겠다는 등의 당부도 잊지 않았다.

"뭐 그런 관객을 힘들게 하는 공연이 있대요?"

사실 처음에 듣고 나서도 그렇게 내키지 않았던 건 뮤지컬이 아니라서였다. '너무 내가 뮤지컬만 편애하고 있나?' 생각했고, 듣는 귀가 있었던 나는 궁금해서 공연에 대한 자료를 찾아보았다.

어느 비가 추적추적 내리던 날, 집에만 계속 있다가 어딘가 나가야겠다고 생각했고, 그들이 강력히 추천했던 공연을 예약했다. 갑자기 <맥베스>가 궁금했고, 내용을 알고 가면 더 좋을 것이라는 그들의 말을 마음에 담아서 난 공연 보러 가기 전까지 벼락공부에 들어갔다. 대충의 줄거리를 머릿속에 집어넣고 공연장이 자리 잡은 첼시 거리로 향했다.

공연장은 옛날 철도 길을 개조해서 만든 산책길인 하이라인의 중간 정도에 있었다. 공연장이 이런 곳에 있다는 것도 의아했는데, 공연장이 6층이나 되는 건 상상을 못 했다. 호텔을 개조했다는 말에 2층 정도 되는 작은 호텔이려나 생각했든지, 아예 어떤 생각도 없었다.

입장권 대신 카드와 가면을 받았다. 공연 내내 가면을

쓰고 다녀야 한다고 한다. 순서대로 엘리베이터를 타고 올라갔다. 이제부터는 관객들의 선택이다. 각 방에서는 배우들이 연기를 시작하고, 배우들은 장면에 따라 한곳에 모였다가 흩어져서 자신만의 장면을 선보인다. 각 방으로 흩어질 때 관객은 보고 싶은 배우를 따라가서 관람할 수 있다. 이게 바로 이머시브(관객 참여형) 연극이다.

극은 무언으로 펼쳐지기에 이해하기는 쉽다. 그리고 각각의 내용은 퍼즐 조각 맞추듯이 나중에는 연결이 된다. 난 대부분 이야기를 이끌어가는 주인공인 맥베스를 쫓아다녔다. 7시에 시작된 공연은 1시간 30분 정도 연기되고, 또 그 이후에 같은 내용이 반복된다. 처음엔 맥베스를 따라가면서 봤다면 또 한 번을 볼 때는 다른 인물을 따라가면서 보면 재미가 더할 것 같다. 다소 선정적인 장면이 나오기도 했다. 한자리에 모여 시작했던 공연이 같은 자리에서 비슷한 장면으로 끝이 난다. 공연을 보면서 체력 소모는 있었지만 정말 새로운 시도였고, 신기했다.

기존에 있었던 틀이 정답이고, 왠지 그 틀을 벗어나면 안 될 것만 같은 생각을 가지고 살았다. 창의적인 것을 생각하고 시도하는 훈련이 그동안 되어 있지 않아서 그런 것일 수도 있다. 이제껏 해온 방식이 편하니까. 그렇지 않으면 나에게 너무 힘드니까! 그런데 이렇게 형식을 파괴하고 새로운 것을 볼 때마다 나도 모르게 부러움과 질투가 들고 욕심이 난다. 내가 감히 닿을 수 없는 영역이란 것도 알지만, 그 영역은 누가 만들어 주는 것이 아닌 내가 스스로 제한하고 있는 것인지도 몰랐다. 공연의 여운을 간직한 채 밤의 하이라인을 걸으며 난 겹겹이 쌓인 생각을 정리했다.

브로드웨이 뮤지컬의 세계로

 관심이 생기면 알아가고 싶다. 또 세상의 모든 것들은 아는 만큼 보이기도 한다. 이렇게 순환하는 것이 세상의 이치가 아닐까. 아주 작은 씨앗이라도 정성 들여 물을 주고 햇빛을 보게 하면 무럭무럭 자란다. 뮤지컬에 대한 나의 관심은 처음엔 미약하였지만, 관심을 두고 보면서 무럭무럭 자라고 있었다. 그리고 더 자라기 위해 브로드웨이에 와 있다.

 100여 년의 역사를 지닌 브로드웨이 뮤지컬! 한 달 동안 이곳에서 공연하고 있는 모든 작품을 섭렵하리라는 야심 찬 계획이 있었다. 하지만 티켓 가격이 만만치 않았기에 전략을 잘 세워야 했다. 한국에서도 마찬가지겠지만 뮤지컬을 좋은 좌석에서 보려고 하면 작품당 10만 원이 훌쩍 넘는 것을 알 수 있다. 그래서 조금 더 저렴하게 표를 구매할 방법을 백방으로 알아봤다.

아마 맨해튼의 심장과도 같은 타임스스퀘어에 가면 티케츠(TKTS) 부스를 볼 수 있을 것이다. 그곳엔 항상 표를 사기 위해 기다리는 인파들로 북적인다. 티케츠에서는 브로드웨이에서 공연하고 있는 최신 공연 정보를 얻을 수 있고, 공연 티켓을 반값에 살 수 있다. TKTS는 타임스스퀘어에도 있지만, 브로드웨이 59번가, 66번가에서 내려서 갈 수 있는 링컨 센터와 맨해튼 남쪽 총 세 곳이 있다. 다른 곳은 타임스스퀘어보다는 좀 한산해서 숙소와 가깝다면 이용하면 좋다. 매일 오후 2시에 문을 연다. 직접 가서 줄을 서서 사야 한다. 당일 공연의 남는 좌석을 파는 것이기 때문에 인기 있는 뮤지컬은 티케츠에서는 보기 힘들다. 오랫동안 공연하고 있는 장기 공연을 활용하면 좋다.

뉴욕에서의 시간이 좀 여유가 있다면 로터리를 활용하면 좋다. https://lottery.broadwaydirect.com/ 사이트로 들어가서 공연 정보를 확인할 수 있는데, 로터리 티켓에 당첨이 되면 보통 35$~65$의 가격으로 뮤지컬을 관람할 수 있다. 난 시간이 많은 여행자였기 때문에 로터리도 많이 활용했다. 로터리 참여 방법은 꽤 간단하다. 이름 작성하고, 이메일 주소 넣고 참여 누르면 끝!

 그럼, 다음 날 아침 9시에 이메일이 온다. 'Try again'이라는 메일을 한동안 받았을 때, 로터리 당첨이 힘들다고 생각했다. 계속 도전해서 처음으로 'Won'이라는 메일이 왔을 때, 진짜 뭔가 승리한 기분이었다. 당첨됐다는 메일이 오면 바로 결제하면 된다.

 몇 년 전까지만 해도 뮤지컬 극장 앞에서 공연 몇 시간 전에 추첨으로 이루어졌던 로터리 티켓이 지금은 인터넷 사이트로 들어가 간편하게 참여할 수 있으니, 많이 편해졌다고 생각한다.

 뉴욕에서 처음으로 로터리에 당첨돼서 본 뮤지컬은 <투시 Toosie>였고, 낮 공연이었다. 뮤지컬을 보기 위해선 대부분 타임스스퀘어로 가야 한다. 타임스스퀘어를 중심으로 브로드웨이 40번가에서 60번가까지의 길을 따라 크고 작은 극장 40여 개가 몰려 있기 때문이다.

 <투시>는 1982년 영화로 먼저 제작되었다. 뮤지컬은 2018년에 시카고 극장에서 트라이 아웃되고, 브로드웨이에서는 2019년 3월부터 공연되었다.

 뮤지컬 <투시>는 배우를 꿈꾸는 한 남자의 이야기를

담고 있다. 오디션에서 계속 낙방하고, 에이전시에서 더 이상 배우로의 기회가 주어지지 못한다는 이야기까지 듣는다. 하지만 남자는 여장을 하면서까지 배우에 대한 꿈을 포기하지 않고, 결국 주인공이 되며 많은 사람에게 영감을 주는 배우로 발돋움한다. 하지만 그로 인한 갈등 상황이 있을 터, 여주인공인 줄리와 샌디와의 사이에서 진실을 밝히느냐에 대한 갈등이 생긴다.

뮤지컬 코미디로 드라마가 중심이 되는 뮤지컬이었다. 가장 인상적이었던 건 여장을 소화해야 하는 남자 주인공의 연기였다. 사실, 시차 적응이 안 된 상태에서 로터리 티켓이 당첨되어 보러 간 뮤지컬이어서 조금 졸면서 보긴 했다. 내용 파악은 어렵지 않았지만, 공연을 제대로 관람하기 위해선 내 컨디션도 최상으로 만들어 놓아야 하지 않을까 한다.

그 이후, 브로드웨이에서 보고 싶었던 디즈니 뮤지컬과 영화를 배경으로 한 뮤지컬, 그리고 오프브로드웨이에서 하는 특이한 연극까지 티케츠와 로터리를 활용해서 볼 수 있었다. 사실 봐야겠다고 생각하는 뮤지컬은 어느 정도 정리를 해 놓는데, 아무런 정보가 없었다가 로터리 티켓 당첨으로 보게 된 뮤지컬 중 괜찮았던 뮤지컬 두 작품이 있다.

첫 번째, 뮤지컬 <더쉐어쇼 THE CHER SHOW> 이
다. CHER는 60년대~80년대 한 시대를 풍미했던 가
수 겸 토크쇼 사회자, 그리고 배우였던 미국의 팝스타
이다. 90년대 후반에 낸 음악 'BELIEVE'가 히트하면서
세계적으로는 유명해지지 않았을까.

 <더쉐어쇼>는 쉐어의 일대기를 그린 뮤지컬이다. 어
린 역, 인기 역, 스타 역의 세 명의 쉐어 쉐어가 돌아가
며 이야기를 들려준다. 또 세 명이 함께 등장해 대화를
주고받는데 구성이 신선했다.

 16살 때 가수로 데뷔, 남편과 함께 영국으로 가서 가수
로서 성공한다. 하지만 성공과 함께 남편과 불화가 생
기고, 그 이후에 그래미상, 아카데미상, 오스카 수상.
그리고 어린 남자와 스캔들까지…. 파란만장했던 쉐어
의 일대기를 빠른 전개로 보여준다.

 무엇보다 쉐어의 곡들로 꽉 차 있었던 시간, 쉐어의 음
악을 좋아하는 사람들은 의미 있었던 시간이었을 것이
다. 나는 대표곡을 듣고 라디오에서 들어봤었던 곡이란
생각을 했고, 이로써 쉐어에 대해 알 수 있었던 계기가
되었다. 그리고 라디오를 듣다가 쉐어의 곡이 나오면
나름 반갑고, 그때 봤던 공연을 떠올리게 된다.

두 번째, 뮤지컬 <오클라호마! Oklahoma!>이다. 오클라호마는 1943년에 뮤지컬로 올려지고 그 뒤에 영화로 만들어졌다. 1993년에는 뮤지컬 역사상 최초로 미국 내 우표로 제작되기도 하고, 토니상, 퓰리처상, 그래미상, 아카데미상 거의 모든 상을 휩쓴 작품이다. 미국 뮤지컬 역사는 <오클라호마!> 전후로 구분된다는 이야기가 있어 꼭 보고 싶었던 작품이기도 했다.

작품은 오클라호마라는 시골 마을을 배경으로 마을에서 일어나는 일을 다루고 있다. 주인공은 로리와 카우보이 컬리로 이 둘이 사랑에 빠지게 되는 이야기가 골자지만, 그 둘의 사랑을 방해하는 농장 일꾼 저드도 등장한다. 1막과 2막으로 나누어지는 극은 1막에서 마을 잔치를 앞두고 일상을 통해 마을 사람들의 관계가 보이고, 2막에서는 마을 잔치로 시작한다. 마을 잔치에서 저드는 로리에게 자신의 마음을 전한다. 하지만 로리는 그 마음을 받아주지 않고, 저드는 로리를 협박한다. 컬리에게 도움을 요청하는 로리, 저드가 결국 마을을 떠나기로 합의 보는데…. 그 후에 서로의 마음을 확인한 로리와 저드가 결혼식을 올리는데 저드가 나타난다. 컬리와 몸싸움을 벌이다 컬리는 저드를 죽이게 되는데, 마을 사람들이 합심해서 컬리의 무죄를 선언하고 결혼식 잔치를 이어간다.

 누군가를 향한 잘못된 사랑, 마을 사람들이 힘을 모아 사건을 수습하면서 마을의 공동체가 성립되는 과정을 보여주고 각 인물의 캐릭터로 우리의 인생을 말해주고 있는 뮤지컬이라고 할 수 있다. 사실 캐릭터와 내용을 봤을 때 불편하게 느껴지는 부분들도 있었다. 하지만 인간의 본성, 거부할 수 없는 사회의 단면을 보여주는 게 아닐까 하는 생각이 들었다. 대부분 대화로 이루어지고 사투리도 많이 나오기에 관람하기 쉽지 않은 부분도 있지만, 인간과 사회의 부조리에 대해 질문을 던지고 생각할 수 있는 리바이벌 프로덕션임은 틀림없었다.

 뮤지컬 <오클라호마>를 말할 때 무대를 말하지 않을 수 없는데, 길쭉한 직사각형 무대 양쪽에 객석이 있고, 객석 맨 앞에는 테이블과 조리 기구가 놓여 있었다. 객석에서 볼 때 원형이나 반원형으로 보이는 일반적인 프로시니엄(proscenium) 극장이 아닌, 공간 변형이 자유로운 극장이었다. 극장의 유연함을 잘 살린 무대가 아닐까 한다. 또한 인터미션 때는 무대 위에서 요리되고 있던 '칠리 콘 카르네'를 나눠줘서 오클라호마 마을 잔치에 초대받은 듯한 느낌을 받을 수 있었다.

 처음 브로드웨이 길을 걸었을 때, 내 눈을 사로잡았

던 건 낮부터 길게 늘어선 사람들의 행렬이다. 그 행렬은 공연 시작 직전에 볼 수 있는 풍경이었다. 브로드웨이 극장 대부분은 로비가 넓지 않아 대기할 수 있는 장소가 마땅치 않을뿐더러, 극장 입구가 바로 인도와 맞닿아 있어 사람들이 건물 앞 인도에서 줄을 서서 기다릴 수밖에 없다. 그 또한 참 신기한 광경이었다. 미국은 어느 곳을 가든 가방 검사가 이루어지고 음식물 반입은 안 되고 물만 가능하다. 그런데 공연장 안에서는 스낵 종류를 팔고, 어떤 공연은 와인과 아이스크림 등을 공연장에서 곁들이면서 공연을 관람할 수 있다는 점이 한국과 달랐다.

 낯선 경험, 뮤지컬 작품을 보면서 다른 문화를 바라보는 내 시선이 조금은 넓어지고 있음이 분명하다.

나를 잘 알면 모든 게 즐거워요

 사람마다 자신이 추구하는 여행 스타일은 다를 것이다. 전시나 박물관을 좋아할 수도 있고, 활동을 즐기는 사람도 있고, 맛있는 음식을 먹으면서 만족하는 사람이 있다. 하지만 그 스타일도 영원하지는 않다. 어떤 경험을 했느냐에 따라, 또 시간이 지나면서 추구하는 스타일은 변하기 마련일 터.

 나는 이제 많은 곳을 돌아다니기보다는 한 곳에서 살아보면서 일상을 사는 여행을 즐긴다. 그리고 새로운 사람을 만나서 그 사람의 이야기를 듣는 것을 좋아한다. 맛있는 걸 먹으면 좋겠지만, 크게 나한테 감흥을 주는 건 아니고 박물관은 예전에는 꼭 가야 한다고 생각했는데 이제는 제일 뒷전으로 밀린다. 미술관은 되도록 가려고는 하지만 사실 잘 몰라서 크게 감동하지는 못한다. 하지만 좋은 사람을 만나 대화를 하면서 이야기를 듣고 뭔가를 알게 됐을 때 만족감이 큰 편이다. 결국 내가 좋아하고, 궁금한 건 '사람'이 아닐까, 생각해 본다.

 뉴욕에 있으면서 가장 많이 가게 된 곳은 단연 타임스스퀘어다. 공연장은 거의 그 근처였기에 공연 시작 전 거의 이곳에서 시간을 보냈다. 그냥 앉아서 지나가는 사람들 구경만 해도 시간 가는 줄 모르는 곳이다.

 그날도 타임스스퀘어 계단에 앉아 잠시 눈을 감고, 숨을 골랐다. 공연까지는 시간이 아직 충분히 남아 있었고, 공연장도 멀지 않은 곳이었다. 눈을 떠보니 옆에 어떤 아주머니가 계셨고, 우린 자연스럽게 대화를 시작했다. 미국의 남부지방에서 왔다는 그 아주머니는 딸이 대학교 졸업을 하면서 같이 여행하러 와서 매일 뮤지컬을 관람하고 있다고 했다. 그리고 새해의 타임스스퀘어에 와본 적이 있다고까지 말씀하셨다.

 타임스스퀘어에서는 1월 1일 0시에 새해를 축복하는 불꽃놀이 행사가 열린다. 그 시간에 맞춰 그 전날 밤부터 이벤트가 이뤄지고 그 모습은 생중계가 된다. 나도 어렴풋이 방송을 본 적이 있다. 겨울이라 춥기도 하고,

사람도 많아 여러모로 불편할 텐데 사람들은 일찍부터 와서 자리를 맡아 놓는다고 했다. 화장실 가기도 어려워서 기저귀를 차고 오는 사람들도 많다고. 기저귀란 말에 깜짝 놀랐다. 그만큼 이곳이 사람들에게 가치를 느끼게 하는 곳이구나.

타임스스퀘어가 이렇게 화려한 모습을 띠게 된 건 바로 1902년, <뉴욕타임스> 본사가 이곳으로 옮겨오면서부터이다. 본사가 입주하고 그 기념으로 한 해의 마지막 날에 뉴욕 시민을 위해 불꽃놀이를 선보였는데, 그게 바로 연말 행사로 자리 잡게 된 것이다. 하지만 이곳은 1900년만 해도 마부들이 말을 거래하던 공터로 활용되는 곳이었다. 그런 곳이 이렇게 화려하게 변하다니.

아주머니와 이야기하다 보니 시간 가는 줄도 몰랐다. 덕분에 타임스스퀘어에 관련된 에피소드도 들을 수 있어 좋았고, 아주머니께서 본 뮤지컬을 소개해 주기도 했다.

그거 아는가! 그 어떤 광고보다 직접 보고, 경험해 본 사람의 추천이 가장 강력한 홍보가 되어준다는 사실을! 그리고 같은 취미를 가진 사람과의 대화는 언제나 즐겁다.

그렇다면 우리가 이렇게 즐겁게 이야기하는 뮤지컬은 어떻게 생기게 된 것일까? 18세기 영국으로 거슬러 올라간다. 뮤지컬은 오페라의 대중적 양식이라고도 볼 수 있다. 오페라는 16세기 이탈리아에서 등장해 클래식 음악의 대중화를 시도했다. 그렇게 영국에서 발라드와 코믹 오페라를 거쳐 영국에서 19세기 말에 모습을 드러내게 된 것이다. 오페라와 뮤지컬이 뭐가 다르냐고 묻는다면 마이크를 착용하는 유무라고도 말할 수 있을 것이다.

 뮤지컬을 관람할 때 어떤 걸 염두에 둬서 봐야 더 재미있게 볼 수 있을까? 모국어인 한국어로 보는 공연이라면 그 어떤 정보 없이 보는 것도 괜찮겠지만, 외국어로 본다면 줄거리와 대표적인 넘버 정도는 알고 가면 좋을 것 같다. 이렇게 말하면서도 사실 난 아무 정보 없이 보는 걸 즐기긴 한다. 공연을 보고 나서 더 알고 싶으면 그때야 그에 관한 정보를 찾아보는 편이다.

 그리고 내가 제일 관심 있어 하는 건 바로 창작진에 관한 정보다. 연출이나 작가, 작곡가 등의 공연 스태프나 주요 배우들에 관한 정보를 보는 것을 좋아한다. 어떻게 이 공연을 만들게 되었는지 등의 정보를 보면 극을 이해하는 데 훨씬 도움이 된다.

뮤지컬에서 빠질 수 없는 요소인 배우들의 노래와 춤, 그리고 연기는 아마 뮤지컬을 관람하면서 가장 주목해야 할 포인트가 아닐까 한다. 그중에 음악의 역할은 절대적이라고 할 수 있다. 솔직히 어떤 유명한 뮤지컬을 떠올렸을 때 내용보다는 그 뮤지컬을 대표하는 넘버(음악) 하나가 떠오르지 않는가! 예를 들어, 지킬 앤 하이드 하면 'This is the moment'가 떠오르고, 웨스트 사이드 스토리 하면 'Tonight', 레미제라블 하면 'One day more'가 떠오르는 것처럼. 어떤 뮤지컬에서는 춤이 뮤지컬의 핵심이 될 수도 있다. 브로드웨이 42번가나, 시카고처럼 말이다.

 여기서 더 나간다면 무대 장치와 의상, 특수 분장까지도 고려하면서 볼 수 있다. 미스 사이공 하면 떠오르는 무대가 '헬리콥터 장면'일 것이다. 또한 오페라의 유령에서 샹젤리제가 떨어지는 장면이나, 극장 지하 호수를 배로 건너는 장면 또한 작품의 백미라고 할 수 있다. 특수 분장과 의상에 관한 이야기를 한다면 캣츠, 라이언 킹 등을 들 수 있다.

 어떤 관점에서 보느냐에 따라 뮤지컬 작품마다 즐길 수 있는 요소가 무궁무진하기에 더 매력이 있지 않을까 한다.

나에겐 '드라마'가 뮤지컬을 관람할 때 제일 중요한 요소를 차지한다. 이걸 아는데도 시간이 좀 걸렸다. 다른 사람이 감명 있게 봤다고 하는 작품이 왜 나에겐 별로일까를 깊이 생각하다가 내린 결론이다.

 '뮤지컬 관람할 때도 사람마다 보는 부분이 다 다르구나!'

 뭐든지 다르다는 것을 인정하면 이해가 쉬워진다. 그리고 또 나를 알고, 내가 좋아하는 포인트를 알면 뭐든 재미있게 즐길 수 있지 않을까?

어디서, 어떻게 만나게 될지 모르는
인연에 대하여

 반복되는 일상에서는 기록할 것이 많지 않아도, 새로운 곳에 가면 기록할 것이 넘쳐난다. 그래서 해외여행을 하거나 새로운 곳에 갈 때 항상 노트나 메모지를 챙기는 버릇이 있다. 한 달 이상의 장기 여행일 때는 노트를 챙겨 매일의 경험을 글로 담는다. 여행 후엔 차곡차곡 쌓았던 하루의 글이 한 권 꽉 차게 되면 뿌듯함이 몰려온다.

 지금도 어디서 어떤 것을 기록하게 될지 몰라 메모지를 챙기는 편이다. 하지만 요즘 많은 사람은 노트보다는 휴대전화를 활용하곤 한다. 나도 몇 번 휴대전화 메모 사용을 시도했지만, 아직 나는 내가 직접 손으로 쓰는 아날로그 형식의 메모지가 좋다. 계획을 작성하는 달력 또한 마찬가지다. 그래도 조금씩 SNS와 친해지려 의식적으로 노력하며, 뉴욕에서의 일상을 이미지로 기록하기 시작했다. 하지만 이미지에 약한 나는 정말 많은 고심을 하며 사진과 글을 써서 올렸다.

어떤 뮤지컬을 볼까 고민하던 날, 함께 사는 친구가 <더 프롬 The Prom>이라는 뮤지컬을 추천했다. 아는 뮤지컬 배우가 그 작품에 출연하고 있고, 한국인이라고 했다. '한국인이 뉴욕 브로드웨이에 진출해서 배우로 활동하고 있다고?' 솔깃하지 않을 수 없었다.

<더 프롬>의 주인공은 레즈비언이다. 자신의 여자 친구와 졸업 파티에 갈 수 없게 된 소녀의 이야기를 우연이 듣게 된 브로드웨이 스타들이 주인공을 도와 부당함에 맞서 싸우는 이야기를 다룬 뮤지컬이다. 소녀들의 소원도 이뤄주고, 자신들의 이미지 재건을 꿈꾸면서 말이다. 토니상에서 6개 부분에 후보로 이름을 올릴 만큼 작품성을 인정받은 작품이고, 후에는 영화로도 제작이 된다.

뮤지컬 <더 프롬>은 뮤지컬 코미디로 미국식 유머가 많이 나와서 주변 사람들은 많이 웃으면서 봤다. 브로드웨이 배우들을 연기하는 중년의 4인 배우들이 재미

있었고, 무엇보다 한국인 배우의 중간에 혼자 하는 댄스 장면은 단연 압권이었다. 괜히 내가 자랑스러운 기분이 드는 건 왜일까? 그리고 난 그날의 공연 감상을 SNS에 남겼다.

 그다음 날, 내가 올린 사진에 댓글이 달려 있었다. 그것도 <더 프롬>에 출연한 배우에게서 말이다. 인상 깊었던 내용과 함께 배우 이름을 태그했더니 친절하게 댓글까지 달아주셨다. 그리고 함께 사는 친구들에게 자랑했더니 지금 우리가 사는 아파트에 그가 산다고 했다. 그리고 드럼을 치는 친구는 그분과 친분까지 있는 거 아닌가! 그리고, 아주 자연스럽게 황주민 배우와 만나고, 프로그램 북에 사인을 받으며 많은 이야기를 나눌 수 있었다.

 황주민 배우는 자신이 뮤지컬 배우를 하게 된 계기, 그리고 미국에 와서 어떤 노력으로 뉴욕에서 자리 잡을 수 있었는지 말해주었다. 한 분야에 뜻을 가지고 열정적으로 노력한 이야기는 지루할 틈 없이 흘러간다.

 대학 때의 전공은 예술계가 아닌 공대 쪽이었다고. 자신이 뭘 원하는지 곰곰이 생각해 보니 뮤지컬 배우가 되는 것이어서 댄스를 꾸준히 하면서 성악을 배우기 시작했다고 한다. 어렸을 때부터 춤추는 것은 좋아해서 비보이를 시작했던 것이 기초를 세우는 계기가 되었던 것 같다. 그 후 한국에서 오디션을 봐서 발레와 스트리트 댄스를 결합한 작품인 <비보이를 사랑한 발레리나> 댄서로 데뷔했다고 했다.

 <비보이를 사랑한 발레리나>는 넌버벌 퍼포먼스로 2005년에 초연되었고, 그 이후 미국 뉴욕 브로드웨이에서 50회 이상 공연이 되고, 영국 에든버러 프린지 페스티벌 2,050개 공연 중 최고의 작품으로 선정되었다고도 한다. 프리마돈나 지망생인 발레리나가 우연히 비보이를 만나고 첫눈에 반해 자신의 꿈을 접고 거리의 댄서가 되어 사랑을 이루어 간다는 내용이다.

 드라마를 중시하는 나는 무언극이기에 별 기대 없이 보러 갔다가 빠져들어 봤던 기억이 있다. 음악과 춤만으로도 극적인 요소를 살릴 수가 있다는 것을 보고, 비보이들이 다양하게 선보이는 춤만으로도 볼거리는 풍성했다.

 그 작품 이후, 황주민 배우는 미국으로 유학길을 선택했다. 그의 나이는 29세, 뉴욕에 와서 오디션 지원만 200군데를 했다고 한다. 그리고 그의 나이 33세에 브로드웨이 뮤지컬 첫 데뷔를 하게 된다. 될 때까지 하는 그의 신념과 행동으로 지금의 그가 만들어지지 않았나 한다. 그러면서 말을 한다. 꿈을 향해 가는 20대 때, 그리 밝지만은 않았던 시간이었다고. 재능이 없으니 포기하라는 말을 여러 차례 들었고, 못생겼으니 웃지도 말라는 말도 들었다고 한다. 가정 형편은 그리 좋지 않았고, 주위에선 허황한 꿈이라고 계속해서 말렸다고 한다. 11년이라는 시간 동안 노력하고, 싸웠고, 드디어 열매를 맺게 되었다고. 절대 스스로 해서는 안 될 세 가지 말에 관해 항상 마음속에 새기며 살고 있다고 말했다.

"절대 자신에게 늦었다고 말하지 말라.

절대 자신에게 이미 인생의 기회를 놓쳤다고 말하지 말라.

절대 자신에게 나는 성공할 자질이 충분하지 않다고 말하지 말라.

당신은 할 수 있다. 그것이 무엇이든."

그가 캐스팅된 뮤지컬 <더 프롬> 또한 바로 만들어진 작품은 아니다. 8년간의 리딩과 트라이 아웃 과정을 거쳐 브로드웨이에 입성한 작품이다. 또, 브로드웨이 무대에서 공연하는 배우에게 브로드웨이 뮤지컬 시스템에 대해 들을 수 있어 굉장히 의미 있었다. 수평적인 작업 방식, 뮤지컬 배우에 대한 대우 등 모든 것이 꿈꾸던 것과 같아 실망할 것이 없었다고 한다. 무엇보다 좋아하는 일로 생계를 유지할 수 있어서 가슴이 너무 설렜다고. 하지만 한순간도 방심할 수 없었다고. 언제고 교체될 수 있는 자리였으니까. 그로 인해 끊임없이 노력하는 자세를 가질 수 있었다고 했다. 그리고 첫 데뷔 작품은 2주 반의 연습 기간과 3주간의 테크 리허설 기간을 거쳐 프리뷰 공연으로 막이 올랐다고 한다. 그렇게 보면 브로드웨이 뮤지컬이 무대화되는 데 걸리는 시간이 그리 긴 시간이 아니라는 생각이 들었다.

대화하면서 알게 된 사실은 뮤지컬 안무를 하는 친한 내 친구와도 황주민 배우가 함께 작업을 했고, 그래서 잘 알고 있었다는 것이다.

정말 언제, 어디서, 어떻게 만나게 될지 모르는 인연이다.

인생 최고의 뮤지컬을 갱신하다

 뉴욕에 가면 꼭 봐야지 했던 뮤지컬이 있었는데, 바로 <해밀턴 Hamilton>이다. 10달러에 나오는 인물 해밀턴을 모티브로 하여 미국 건국에서부터 전쟁의 역사, 사랑에 관한 이야기까지 두루 섭렵하는 뮤지컬! 거기에 처음부터 끝까지 랩과 노래로 이루어진 송스루(song through) 뮤지컬이라니! 그래서 화제가 되었었다. 한국에 들어올 공연이었다면 이렇게 간절함이 없었을 텐데, 아무리 봐도 한국에서 공연되기는 쉽지 않아 보였다.

 처음 로터리 티켓 사이트를 보고 해밀턴이 10달러에 나와 놀랐다. 처음에 뉴욕에 도착하자마자 매일 로터리에 응모했지만, 매일 'TRY AGAIN'이라는 답장만 받았다. 뉴욕을 떠날 날은 점점 가까워지는데, 더 이상 운에 기댈 수는 없었다.

앞서 뮤지컬 할인 티켓을 사는 방법으로 티케츠와 로터리를 말했지만, 뮤지컬 티켓을 살 수 있는 사이트는 많았다. 그 작품의 공식 사이트에서도 구매할 수 있고, 예매 대행 사이트에서도 구매할 수 있다.

당시 <해밀턴>은 리셀링 현상이 일어나서 티켓값이 천정부지로 뛰고 있었다. 이런저런 사이트를 찾아보다가 난 vividseat 라는 사이트에서 박스석을 구매했다. 박스석은 시야는 조금 가릴 수 있지만, 무대를 가까이 볼 수 있고 프라이빗하다는 장점이 있다.

그런데 티켓을 받는 방법이 조금 독특했다. 매표소나 극장 앞에서 티켓을 건네받는 게 아니라 어떤 주소를 주고 그 장소로 와서 이름을 말하라고 했다. 조금 의심스럽기도 했지만, 어떤 임무를 수행하는 것 같아 재미있기도 했다. 알려준 주소는 레스토랑이었고, 이름을 말하니 웨이터가 봉투를 준다. 봉투 안에 뮤지컬 티켓이 들어 있었다. '혹시 나도 리셀링 티켓을 산 것일까?'

티켓값은 235달러에 수수료가 50달러 해서 총 285달러였다. 한국 돈으로 환산하면 약 35만 원 정도를 결제

한 것이다. 그때 해밀턴 티켓 가격이 1,000달러 하는 것도 있었다. 자리마다 천차만별이었다. 뮤지컬 작품에 사람들이 열광하며, 이런 현상이 일어난다는 사실이 신기하고 또 궁금했다.

무대와 가장 가까운 박스석에 앉았다. 박스석에는 세 명만 앉을 수 있었는데, 무대와 관객석을 모두 볼 수 있었다. 내 옆에 앉은 남성분이 나에게 말을 걸었다. 디트로이트에서 왔는데, 이번이 뮤지컬 <해밀턴>을 세 번째 보는 것이라 했다. 뮤지컬을 좋아하는 나도 같은 뮤지컬을 세 번을 본 적은 없는데⋯. 작품이 흥행할 수 있는 비결 하나를 알게 된 셈이지 않을까.

뮤지컬 <해밀턴>은 미국 초대 재무장관 알렉산더 해밀턴을 중심으로 미국 건국 초기의 역사를 다룬다. 2016년 토니상에서 최우수 작품상 등 11개 분야에서 수상했고, 퓰리처상 드라마 부문을 수상하기도 했다.

토니상은 1946년 타계한 미국의 연극인 앙투아네트 페리(Antoinette Perry)를 기념해 1947년에 생긴 미국 최고 권위의 연극 · 뮤지컬 시상식이다. 매년 6월에 열리고, 22개의 분야에서 수상작이 선정되는데, 베스트 뮤지컬상을 받은 작품은 1년 내내 관심의 대상이 된다고 한다.

뮤지컬 <해밀턴>은 1년이 아닌 근 몇 년 동안 관심의 대상인 것 같았다. 그런데 난, 기대했던 것만큼의 감흥을 느끼지 못했다.

첫째, 랩으로 온통 이루어진 가사에 알아듣기 힘들었다는 것이 한몫했고, 힙합 음악 장르를 내가 그다지 좋아하지 않는다는 것! 그리고 난 역사 소재에 흥미를 느끼지 못한다. 아! 그러고 보니 내가 좋아하지 않는 요소만 가득했다. <해밀턴>을 보고 나서 미루고 미뤘던 숙제를 끝낸 것 같은 기분이었다.

이제 뉴욕에서 뮤지컬은 다 봤다고 생각한 순간, 나에게 고개를 빼꼼히 내민 뮤지컬이 있었으니 바로 <하데스 타운 Hades Town>이다. 이 뮤지컬은 내가 뉴욕에 갔을 당시 2019년 토니상에서 베스트 뮤지컬상을 받아서 유명해진 뮤지컬이다.

내가 <해밀턴>을 볼 때, 같이 뉴욕에 갔던 친구는 <하데스 타운>을 봤다. 우린 각자 공연을 보고 만났다. 뮤지컬을 관람하고 조금 힘이 빠진 나와는 달리, 그 친구의 얼굴엔 화색이 가득했다. 너무 좋은 작품을 봤다며, <하데스 타운>을 입에 침이 마르도록 칭찬했다. 그 친구의 말에 난 <하데스 타운>을 서둘러 예매하고, 그다음 날 보러 갔다.

뮤지컬 <하데스 타운>은 그리스 신화를 모티브로 했다. 오르페우스와 에우리디케, 페르세포네와 하데스가 등장한다. 헤르메스는 극 중 내레이터를, 운명의 세 여신은 코러스를 담당한다. 음악가 오르페우스는 에우리디케에게 첫눈에 반해 청혼한다. 페르세포네는 반년은 지상 세계에, 반년은 하데스가 통치하는 지하 세계에서 지낸다. 지하 세계인 하데스 타운은 물질적으로 풍부하지만, 예속된 사람들은 자신을 잃고 끊임없이 일한다. 하데스를 만난 에우리디케, 부유하다는 하데스의 말에 귀가 솔깃하고, 에우리디케는 하데스로 가는 기차에 탑승하게 된다. 노래를 만드는 데 집중하던 오르페우스는 이를 듣고 에우리디케를 찾아 하데스로 가는데, 에우리디케를 맘대로 데려갈 수는 없다. 오르페우스의 노래를 들은 하데스는 감동하여 에우리디케를 지상으로 데려가도 좋다고 허락하지만, 단서를 단다. 오르페우스가 앞에 가고 에우리디케가 뒤에 가는데 만약 지상이 도착하기 전, 오르페우스가 뒤를 돌아본다면 그녀가 영원히 하데스 타운에 갇히게 된다는 조건이었다. 지상으로 나가는 출구 직전, 오르페우스는 뒤를 돌아보고 만다. 극은 내레이터의 노래로 마무리한다. 두 연인의 비극적인 결말은 정해져 있었지만, 그 결말이 바뀌기를 희망한다고. 다시 노래를 부르는 것에 의미가 있다고 하면서.

지상 세계와 '하데스 타운'이라는 지하 세계를 나눠 상징성을 더하며, 사회를 풍자하는 시대성까지 더해져 메시지를 주고 있다. 현대적으로 재해석한 캐릭터, 이야기의 구조는 단순하고 기존에 알고 있는 이야기일 수도 있다. 하지만 미국의 재즈, 포크 음악 등 다채로운 음악이 어우러져 단조로운 느낌을 주진 않는다. 음악의 힘이었을까, 캐릭터의 힘이었을까, 이야기의 힘이었을까…. 개인적으로는 참 좋았다.

사실 뮤지컬 <하데스 타운>이 만들어진 여정도 쉽지만은 않았다. 10여 년간 작품이 개발되고, 발전하면서 비로소 빛을 보게 된 것이다. 우리가 보기에는 짠! 하고 혜성처럼 나타난 것 같아도, 그 작품을 위해 수도 없는 노력을 하며 지난한 시간을 견뎌낸 사람들이 있다는 것을 안다. 그 시간을 거쳐 뮤지컬 <하데스 타운>은 브로드웨이에서 개막하자마자 토니상 14개 부분에 노미네이트 되어 최우수 뮤지컬상 포함 8개 부분 수상한다.

뮤지컬 스태프로 일해도 보고, 방송국에서도 일해 봤기에 난 연예인에 대한 감흥이 별로 없었다. 그런데 <하데스 타운>을 보고 나서는 나도 그 자리를 쉽게 떠날 수가 없었다. 그래서 '퇴근길'이라고 칭하는 걸 해 보았다. 무대 밖에서 배우들을 기다리고 프로그램 북에 사인을 받고, 같이 사진도 찍었다.

남들이 좋다고 해서 나에게 좋은 건 아니다. 남들이 별로라고 해서 나에게 별로인 것도 아니다. 또, 내 삶에 영향을 주는 건 거창한 게 아니다. 뮤지컬이나 영화의 어떤 한 장면일 수도 있고, 하나의 그림이 될 수도 있다. 또한, 책을 읽다가 보는 한 줄의 문장일 수도 있다. 아주 작은 부분이라도 마음을 울리는 하나의 것들이 쌓여 내 인생이 조금은 더 풍요로워지는 것은 아닐까.

지금까지 내 마음속 최고 뮤지컬은 <라이언 킹>이었는데, 그게 갱신된 것 같다.

최고와 최악을 경험하다

"캠핑카를 빌려서 미국 횡단 여행을 하는 거야! 66번 고속도로를 타고 말이지!"
"동부에서 서부까지 스쿠터를 타고, 달려 보는 건 어떨까?"
"우쿨렐레를 들고 관광지마다 연주하며 유튜브를 찍어 보자."

미국 여행을 계획하면서 친구와 함께 나눈 대화다. 여행 전에는 부푼 꿈을 꾸고 모든 할 수 있을 것 같았는데, 안전이 우선이었기에 이 모든 것들을 내려놓았다. 그리고 우리는 가장 평범하고도 안정적인 여행을 하기로 했다. 여러 도시를 다니는 것보다 뉴욕과 로스앤젤레스에서 오래 머무르자고 결정했고, 뉴욕으로 들어가서 로스앤젤레스로 나오는 항공권을 예매했다. 그리고 뉴욕에선 한 달, 로스앤젤레스에서는 보름을 머무르려고 계획하고 있는데 다녀온 사람들이 하나같이 말한다.

"로스앤젤레스는 할 게 없어 며칠이면 충분해. 그리고 차 없이 다니긴 힘들어. 뉴욕 같지 않아."

그래서 로스앤젤레스 일정을 2박 3일로 축소했다. 그리고 남은 시간은 로스앤젤레스로 가면서 들르고 싶은 도시에 들르기로 했는데 보스턴, 시카고, 라스베이거스 세 곳이 있었다.

뉴욕에서 함께 지낸 친구는 나보다 먼저 보스턴으로 떠났다. 보스턴에 그녀의 남자 친구가 살고 있었기 때문이다. 뉴욕 이후에 어디로 갈지 아직 정하지 못한 나는 그녀를 따라 보스턴으로 갈까 하다가 고개를 절레절레 흔들었다. 그러다 내 눈에 들어온 도시가 있었으니 바로 워싱턴이다. 워싱턴은 호불호가 갈린다고 했다. 도시 전체가 박물관 같아서 박물관을 좋아하지 않으면 재미가 없을 거라고 했다. 박물관을 좋아하지는 않지만, 내 마음은 워싱턴으로 향하고 있었다. 그리고 혼자 2박 3일 동안 워싱턴 곳곳을 여행하며 참 잘 왔다고 생각했다. 그리고 이제 또 친구를 만나기 위해 워싱턴에서 보스턴으로 가는 기차에 올랐다.

보스턴에서는 친구의 남자 친구 집에서 신세를 지기로 했다. 워싱턴에서 뉴욕을 지나 보스턴까지 오는 기차 여행은 꽤 특별했다. 그리고 보스턴역에 도착했을 때 나를 마중 나와 반갑게 손을 흔들어주는 친구와 친구 남자 친구를 보고 안도했다. 낯선 곳에 갔을 때 나를 기다려주는 누군가 있다는 게 이렇게 감사하고, 행복할 줄이야….

친구 집은 시내와는 좀 떨어져 있어 차로 한참 가야 했지만, 집이 너무 좋았다. 사진으로 많이 보던 미국의 2층 저택. 앞에는 잔디가 있고, 게스트룸도 따로 있어 아주 평화롭게 지낼 수 있었다.

세계적인 명문 대학인 하버드 대학교가 있는 보스턴은 학구적인 도시였다. 그 기운을 받으며 대학교 탐방도 했지만, 이곳에서도 뮤지컬 관람은 계속됐다. 친구가 강력히 추천했던 작품, <디어 에반 핸슨 Dear Evan Hansen>을 뉴욕에서 보려고 하다가 보스턴에서 공연한다는 것을 알고 이곳으로 예매했다.

뮤지컬 <디어 에반 핸슨>은 2017년 토니상을 거머쥔 작품이다. 2021년에는 뮤지컬 영화로 만들어져 개봉했고, 2024년 3월에는 한국에서 공연되었다.

사회 불안장애를 겪고 있는 에반 핸슨은 치료의 하나로 본인에게 편지를 적는 숙제를 한다. 어느 날 '코너'에게 자신의 편지를 빼앗기게 된다. 며칠 뒤 코너의 갑작스러운 죽음이 있었고, 편지가 발견된다. 코너의 가족은 에반에게 따뜻한 관심을 표하고, 에반은 코너의 가족에게 실망을 주고 싶지 않아 코너와의 추억을 만들어 내며 벌어지는 일들을 다루고 있다. 비록 오해에서 시작했지만, 사회에 동화되지 못했던 한 아이가 사람들에게 주목받고 동화되는 과정을 그리고 있다.

스토리에 크게 공감되는 건 아니었지만, 개인적으로는 소재 선택을 잘했다고 생각한다. 무엇보다 좋은 뮤지컬 넘버가 많아 입소문에 오르지 않았나 한다. 현실에서 있을 법한 일을 다룬 드라마 위주의 일상 극이어서 뮤지컬은 대체로 잔잔한 느낌이었다.

이제, 본격적인 미국 횡단 여행의 시작이다!

다음 여행지는 시카고였는데 집주인은 연일 시카고는 위험하다고 했다. 그 말엔 보스턴에서 더 머물다 가라는 집주인의 마음이 들어 있었다. 모든 것이 좋았던 보스턴에서의 시간이었지만, 우린 예정대로 앞으로 나아가야 했다.

예정대로 비행기를 탔고, 시카고에 도착해서 에어비앤비를 통해 예약해 둔 숙소로 찾아갔다. 찾아가는 길에 조금 불안해지기 시작했다. 도심과 많이 멀어지고, 주변엔 고속도로뿐 아무것도 없었다. 예약해 둔 집이 괜찮으면 다행인데, 그렇지도 않았다. 창문도 없는 방은 침대 하나로 꽉 차 있었다. 인터넷에 올려진 사진과는 너무 달랐다. 무엇보다 부엌과 화장실이 오래된 느낌이었고, 깨끗하지도 않았다. 거기에 차 소리는 얼마나 시끄러운지.

친구와 나는 집을 보고 할 말을 잃었다. 방에 들어가지도 못하고, 거실 소파에 앉아 (그것도 수건으로 깔고 앉았다) 서로 말없이 한참을 있었다. 그러다 친구가 정적을 깼다.

"일단 뭐라고 먹고 생각하자."

주변에 아무것도 없어, 버스를 타고 나가 레스토랑을 찾았다.

"과연 우리가 여기서 4일을 지낼 수 있을까?"

"아니, 못 있을 거 같아."

바로 숙소를 구하자니 에어비앤비로 결제했던 돈을 다 날려야 하고, 늦은 시간이라 다른 숙소 찾기도 힘들었다.

"하루만 있어 보고 결정할까?"

"아니 난 하루도 못 있겠어. 그냥 나갈래."

친구는 단호했다. 하지만 늦은 밤 또 어디로 나간단 말인가! 이러지도 못하고, 저러지도 못하고 숙소를 검색하며 시간만 보내다가 맨정신으로는 그곳에 있을 수가 없어 맥주를 사 왔다. 방에는 들어가지도 못하고 거실 소파에 앉아 맥주를 마시며 조금이라도 기분을 전환해 보려 하는데 도저히 전환되지 않았다.

"시카고는 이런 곳이야? 우리 그냥 보스턴에 있을 걸 그랬나?"

"그러게."

보스턴 집주인의 말을 들을 걸 했나 하는 후회와 함께, 보스턴이 그리워지기 시작했다.

지금보다 조금 더 어렸을 때는 숙소에 대해 예민하지 않았다. 되도록 많은 것을 보고, 경험하는 데 돈을 쓰고, 숙소에서 아꼈다. 그런데 지금은 좀 달라졌다. 많이 보고, 경험하는 것이 중요한 게 아니라 누구와 있느냐가 중요하고, 하루라도 있는 공간이 편안하고 쾌적해야한다는 생각이다. 내가 했던 경험, 그리고 세월의 흐름에 따라 중요시되는 부분이 달라짐을 알 수 있다.

계속 고민하고, 검색을 하면서 뚜렷한 해결책은 내지

못한 채 이미 날은 어둑해지고 어쨌든 하룻밤은 이곳에서 보내야 한다는 결론에 도달했다. 나는 침대에서 이불도 펴지 않은 채 자다 깨기를 반복했고, 친구는 소파에 앉아서 뜬눈으로 밤을 지새웠다.

그다음 날, 날이 밝자마자 우린 미처 풀지도 못한 캐리어를 들고 다운타운 숙소를 향해 갔다. 우리의 정신 건강을 위해 돈을 포기한 것이다.

쉽게 가면 안 되는 것일까

 기분이 좋지 않을 때 그냥 참고 있는가, 아니면 빨리 분위기를 전환하는가. 예전에는 시간이 해결해 줄 거라며 참고 기다렸다. 하지만 지금은 아니다. 기분 전환을 할 방법을 의지적으로 빨리 찾고 행동하려고 한다. 이것저것 생각하다가 주저하면 시간만 흐르고 나아지는 건 없기 때문이다. 뭔가 기분이 안 좋거나, 아니라는 생각이 든다면 좀 이기적으로 비친다고 해도 내 주장을 강하게 보여주고 생각대로 나갈 수 있어야 한다. 나에게는 그게 제일 힘든 일이었다. 배려하는 게 습관이 되어 있기 때문이다.

 이번만큼은 내 기분에 집중했고, 결단을 내리고 행동

했다. 시카고 시내 평점 좋은 호스텔을 예약하고, 서둘러 나와 도착한 순간 우울했던 감정이 풀리는 걸 느낄수 있었다. '이래서 환경과 분위기가 중요한 거구나!' 비록 돈과 시간은 소비했지만, 아니다 싶을 때 빨리 포기하고 다른 선택한 것에 대해 기특한 마음이 들었다. 만약 그대로 참고 있었다면 떠나는 날까지 시카고에 대한 이미지는 나쁘지 않았을까.

 시카고 시내에 나가서 우린 '시카고 피자'를 먹기 위해 가장 유명하다는 식당을 찾아갔다. 역시 맛있는 걸 먹으면 기분이 좋아진다. 이제 꼬였던 것들이 풀리고, 제대로 여행을 즐길 수 있겠다고 생각했다.

 시카고 도심은 참 매력이 있었다. 시내에서 조금 걸어 나가면 강이 길게 펼쳐져 있어 참 아름다운 도시라는 생각이 들었다. 미술관부터 공연장까지 아주 잘 되어있고, 곳곳에 예술을 누릴 수 있는 면모도 많았다. 길게 뻗은 강에서 수영을 즐기는 사람들을 보면서 도시에서의 여유가 느껴졌다.

 다음 날은, 자전거를 빌려 긴 도로를 따라 달렸다. 그때부터 시카고가 좋아지기 시작했다. 주말 아침에는 강변 옆 광장에서 마라톤 행사가 열렸는데, 아침에 산책하러 나갔다가 모여 있는 인파에 깜짝 놀랐지만, 그조

차 흔히 경험할 수 없는 광경이었다.

시카고에서도 공연에 대한 열정은 멈추지 않았다. 야외 공연장이 잘 되어 있었고, 한여름의 음악회까지 열려 공원에서 돗자리를 깔고 한여름 밤의 낭만을 즐기기도 했다. 뉴욕에 사는 친구가 추천해 준 뮤지컬 <식스 더 뮤지컬 SIX : The musical>이 시카고에서 공연하고 있다는 사실을 알았을 땐, 볼까도 생각했지만 이제 더 이상 뮤지컬을 보기엔 힘들다는 결론이었다. 뮤지컬에 집중할 수 있는 에너지가 이미 다 소진되었다고나 할까.

뮤지컬을 만드는 것, 연기하는 것도 많은 에너지가 소비되지만, 관람하는 것도 많은 에너지가 필요하다. 인풋이 있으면 그걸 소화하기까지의 시간이 필요한 법인데, 소화할 시간이 충분하지 않았다. 마구 집어넣어, 체하기 직전의 기분이랄까.

뮤지컬 <식스 더 뮤지컬>을 미국에서 보지는 못했지만, 몇 년 뒤 바로 한국으로 들어와 한국에서 관람했다. 식스 더 뮤지컬은 2017년 에든버러 프린지 페스티벌 초연, 2019년 웨스트엔드, 2021년에 브로드웨이, 한국에서는 2023년에 공연된다. 영국 국왕이었던 헨리 8세의 아내들 (결혼을 여섯 번 했다고 한다.) 여섯 명의 일생을 현대적으로 재해석한 팝 콘서트 형식의 뮤지컬이다. 각기 다른 키워드와 색을 가진 왕비의 캐릭터와 사연을 듣는 재미가 있다. 그리고 난 외국이 아닌 한국에서 보길 잘했다고 생각했다.

시카고에서 다양한 감정을 경험하고, 라스베이거스로 갈 시간이다. 다행히 시카고에서 떠날 때 도시에 대해 좋은 감정이 들었다. 미국 내에서의 이동이었기 때문에 우리 마음엔 조금 여유가 있었다. 숙소에서 공항까지 출발해야 하는 시간을 계산하고 친구와 서로 각자의 시간을 가지다가 공항으로 갔다.

그런데 짐을 부치려고 항공사로 간 순간, 짐 부치는 시간이 마감되었다는 걸 알았다. 바로 몇 분 전에 말이다. '아, 우리가 왜 이렇게 안일하게 생각했지?'

그때부터 또 마음이 콩닥콩닥 뛰었다. 두 달가량의 여행이었기에 캐리어도 꽤 컸는데, 큰일이다. 무엇보다 짐을 부치지 못하면 안에 있는 모든 액체를 버려야 했다. 다행히 큰 캐리어를 들고 탈 수 있게까지는 해줬는데…. 그게 문제가 아니라, 짐을 검사하고 게이트까지 가는 데 시간도 걸려 비행기를 놓칠 수 있는 상황에까지 놓인 것이다.

사태를 직감한 우리는 그때부터 바빠지기 시작했다.

사람들이 보건 말건 큰 캐리어를 펼쳐놓고 100m 이상 되는 액체를 버리기 시작했다. 눈물을 머금고…. 그리고 머리칼을 휘날리며 게이트로 달려가는데…. 게이트도 가장 끝에 있었다. 지금, 이 비행기를 못 타면 내일 가야 한다는 대답을 듣고 막막해 있는 힘을 다해 뛰었다.

 이미 위와 비슷한 일로 몇 번의 기적을 맛보았기에 이번에도 기적이 일어나기를 간절히 소망하고 또 소망해 보는데…. 아직 사람들이 게이트 앞에 많이 모여 있는 것 같다. 희망의 징조인가? 그래도 안심할 수 없으니, 끝까지 뛰어야 한다. 숨이 턱까지 찼다.

 그때 갑자기 비행기 점검으로 인해 연착된다는 방송이 나왔는데, 확신할 수 없었다. 게이트에 도착했는데 아직 사람들이 비행기에 타지 않고 기다리고 있는 것 같다. 안내판을 확인하니 두 시간 연착된다고 했다.

 확인하자마자 그 자리에 주저앉았다. 또 한 번의 기적을 경험한 것에 감사하면서. 그리고 이 말을 되뇌었다.

 '끝날 때까지 끝난 게 아니다.'

세상에 공짜는 없다

 낮에 도착해서 여유 있게 라스베이거스를 즐기려고 했던 계획은 이미 물 건너간 지 오래다. 우리에겐 고마웠던 비행기 연착이었지만, 도착한 시간은 늦은 밤이었고 우린 지칠 대로 지쳐 있었다. 공항에서 보는 라스베이거스는 꽤 한산했는데, 시내로 들어가자마자 화려한 불빛에 라스베이거스에 왔다는 것을 실감했다.

 예약해 뒀던 호텔에서 체크인하고 나서 직원이 맞은편에 있는 데스크에서 잠깐 이야기해도 되냐고 묻는다. 우여곡절이 있었던 하루로 인해 고단했지만 금방 끝나겠지, 생각하고 수락했다. 무료 뷔페와 무료 공연 티켓을 준다면서 직원은 설명을 이어 나갔다. 내용을 들어

보니 내일 오전에 어떤 쇼핑센터에 갔다가 뷔페 식사권을 받고 저녁에 공연을 보면 된다는 것이다. '쇼핑을 유도하려고 하는구나.'라고 생각했고, 나쁘지 않을 것 같았다. 그리고 '무료'라는 말을 들으면 솔깃하지 않을 수 없다. 그것도 식사권과 공연 티켓이다. 마다할 이유가 없었고, 너무 피곤해서 우린 "YES"를 외치며 보증금 10달러를 내고 숙소로 들어갔다. 그리고 다음 날 아침이 되었다.

"우리 어제 그거 취소하면 안 되나?"

"그러게. 취소하고 싶다. 그런데 보증금도 내고 약속한 거잖아."

"어쩔 수 없구나. 준비하자."

준비하고 나가니 차가 대기하고 있었고, 우린 그 차를 탔다. 차는 5분 정도를 갔을까 다른 호텔 앞에 우리를 내려줬고 우린 거기서 이름표를 받고 로비에서 대기를 했다. 잠시 후 말끔하게 정장을 차려입은 여자분이 오셔서 우리 이름을 부르고 우릴 안내한다.

호텔 수영장 앞에 잠시 앉았다. 여자분은 우리에게 질문을 시작했다. 친구와 내가 어떻게 친구가 됐느냐부터 시작해서 가족관계, 살고 있는 집은 자가인지 월세를 내고 사는지, 연봉은 얼마며 카드를 쓰는지 현금을 쓰는지에 대해서 말이다. 점점 질문을 듣고 있으려니 이상한 기분이 들었다.

 한 시간 정도 내화 후에 (대화는 아니었다. 일방적인 조사 느낌이었다.) 우리가 인도된 곳은 회의실이었다. 사람들이 이미 여럿 앉아 있었고, 우리가 앉고 나서 어떤 남자가 나와 프레젠테이션을 시작했다. 주요 내용은 이랬다. 세계 여러 나라를 여행하며 사는 삶 얼마나 좋을까? 거기에 숙박 비용 걱정 없이 다닌다면? 세계 곳곳에 호텔 체인망을 가지고 있는 이 회사의 멤버십으로 운영된다는 게 요지였다. 이쯤 되면 눈치 빠른 사람은 다 안다. 의도를 파악한 순간 프레젠테이션은 지루해지기 시작했다. 드디어 끝나고 우린 엘리베이터를 타고 올라가 호텔의 룸을 구경하기 시작했다. 그 후, 우린 다시 원탁의 의자에서 처음 만났던 여자분을 만나 또 한참의 설명을 들어야 했다. 탁자 위에는 멤버십 가입서가 놓여 있었다. 빨리 그곳을 빠져나가고 싶은 마음뿐이었다. 계속해서 설득하는 분과 이제 그만하고 가야겠다는 우리, 그분은 안 되겠는지 마무리하셨다. 우린 데스크에서 보증금 10달러를 돌려받고 뷔페 식사권과 공연 티켓을 받았다.

 우리가 간 곳이 어디인지 몰랐기에 그곳에서 제공해

주는 차를 타고 다시 우리의 호텔로 돌아왔다. 뷔페 식사권과 공연 티켓을 들고 그 장소를 찾아갔다. 언제나 그렇듯 뷔페는 질보다는 양이라 그리 큰 만족도는 없었고, 공연은 몇 가지 중에 우리가 선택할 수 있었다. 라스베이거스 역사를 다룬 쇼, 좀비 쇼 등등이 있었지만, 우리가 선택한 건 평범해 보이는 <V 쇼>였다. 아크로바틱 공연이라는 것 외에 어떤 정보는 없었다.

공연 전에는 조금 설렜다. 그런데 공연 후, 갑자기 후회가 몰려왔다. 원치 않는 것들을 떠밀려 하고 보낸 시간에 대한 아까움이었다. 그건 바로 '공짜'에 눈이 먼 결과였다고나 할까.

라스베이거스에 오면 꼭 봐야 할 쇼라고 말하는 <카쇼 KA Show>나 <오쇼 O Show>를 봤으면 어땠을까. 뉴욕에서 이미 많은 공연을 봤던 터라 공연에 대한 간절한 마음이 없었던 게 화근이었다. 그리고 난 마카오에 갔을 때 그와 비슷한 공연을 봤다고 생각해서 보지 않아도 되는 생각을 하고 있었다. 하지만 라스베이거스를 떠나야 할 때 유명하다는 그 공연을 보지 않은 게 후회가 되었다.

내가 이곳에 다시 올 확률이 얼마나 되겠는가. 기회는 왔을 때 잡아야 하며, 그때 모든 걸 누려야 하는데….

당장엔 아깝게 생각되고, 좀 지치더라도 그곳에서만 할 수 있는 것은 해야 나중에 후회가 없는데….

쉽게 말해 <카쇼>는 불 쇼, <오쇼>는 물 쇼라고 생각하면 된다. 카쇼는 2005년부터 공연을 시작했고, 오쇼는 1998년부터 공연을 했다. 두 공연 다 태양의 서커스 팀이 운영한다. 볼거리가 가득한 쇼라고 해서 스토리가 없는 게 아니다.

카쇼는 고대 이집트 콘셉트의 쇼로 왕실 가에서 태어난 쌍둥이 남매가 나라를 빼앗기면서 헤어져 모험을 겪는 이야기다. 결국엔 나라를 찾게 되지만, 고난과 역경을 겪는 과정들이 꽤 스케일이 클 것 같다.

오쇼는 수중 무대에서 펼쳐지는 쇼이다. 마카오와 중국에서 수중 무대를 본 적이 있는데, 너무 신기했다. 쇼 출연자들은 세계적인 곡예사들과 올림픽 싱크로나이즈와 다이빙 입상자들도 포함되어 있다고 한다. 1억 6,500만 달러의 제작비를 들여 만든 액션 어드벤처 쇼로 기존의 서커스를 공연 예술로 한 단계 승화시킨 작품이라고 할 수 있다.

이러한 정보를 미리 알았더라면, 무리해서라도 봤을 것 같다. 그리고 그때 봤던 장면은 평생 살면서 언제든 꺼내볼 수 있는 명장면이 되어 있었겠지. 좋은 공연을 보면 마음에 울림을 주고, 또 어떤 장면은 계속해서 생각이 나기도 한다.

공짜는 다 이유가 있고, 비싼 것도 다 이유가 있다는 사실을 다시 한번 생각하게 된다. 이제부터라도 내 시간과 마음을 소중히 여겨야겠다.

그래도 라스베이거스 벨라지오 분수 쇼는 사수했고, 그랜드 캐니언 투어까지 잘 다녀왔다. 로스앤젤레스에 가서 주요 관광지를 돌아본 다음 한국행 비행기를 탔다. 로스앤젤레스는 참 여유로운 느낌이었고, 로스앤젤레스에서 긴 시간을 잡지 않고 횡단 여행을 하면서 건너온 게 참 잘한 일이란 생각이 들었다.

모든 것이 적당했고, 지나고 보니 좋았다.

한국
(서울 대학로)

그렇게 덕후가 되었다

 켜져 있던 불이 꺼지고, 아무것도 보이지 않는다. 모두가 숨죽이고 있는데, 가끔 사람들의 헛기침이 들린다. 이어 사람의 목소리가 들리며 정적을 깨고, 조명이 들어온다. 내 앞에는 네모 상자 속 같은 가상의 공간이 있고, 조금은 비현실적이라고 느껴지는 사람이 나와 현실에서 있을 법한 이야기를 연기하며 시선을 사로잡는다. 노래도 하고 춤을 추는데, 그걸 보고 있으니 점점 빠져들 수밖에 없다. 어떤 방해 요소가 없기에 집중도는 최고다. 점점 나의 심장박동수가 빨라지고 있음을 느낀다. 분명 저 이야기가 나에게 전달하는 무언가가 있다.
 처음 뮤지컬을 접했을 때, 난 고등학교 1학년이었다.

학교에서 뮤지컬 <사랑은 비를 타고> 단체 관람을 하러 갔다. 그전까지 공연이라고는 한 번도 본 적이 없어서 무대 위에서 펼쳐지는 배우들의 모습에 신세계를 만난 것 같았다.

뮤지컬 <사랑은 비를 타고>는 1995년 초연되어, 5,000회 이상 공연되며 몇 년 전까지도 계속 공연된 뮤지컬이다. 소극장에서 이루어지는 창작 뮤지컬의 가능성을 가장 확실하게 보여준 작품이 아닐까 한다.

무대 위에 등장한 배우는 단 세 명이다. 형 '동욱'과 동생 '동현'이 있고, 우연히 그 집에 와서 이벤트를 하게 된 결혼업체 직원 '마리'가 있다. 동욱은 일찍 부모를 여의고, 동생들을 뒷바라지하지만, 동생들은 떠나고 혼자가 된다. 그의 40번째 생일, 쓸쓸히 혼자 있는데 가출했던 동생 동현이 7년 만에 돌아오면서 벌어지는 이야기를 담고 있다. 가족 간의 갈등과 사랑에 대한 메시지가 있다. 집을 잘못 찾아와서 이야기를 함께 끌어가는 마리의 발랄한 에너지에 더 재미있게 볼 수 있었다.

그 후, 대학 입시 원서를 넣을 때 나도 모르게 발걸음이 예술 대학으로 향하고 있었고, 덜컥 붙어 버렸다. 그로 인해 내 인생이 180도 바뀌었다고도 할 수 있다. 만약 그때 그 학교가 날 받아주지 않았더라면, 난 지금 어떤 삶을 살고 있을지 궁금하다.

 우연히 가게 된 예술 대학이었지만, 학교생활이 녹록지는 않았다. 일반 대학교에 다녀본 건 아니지만, 일반 대학교와는 아주 많이 다른 대학 문화에 충격을 받은 적이 여러 번이었다. 그곳에서 난 '도시에 온 시골 쥐'를 몇 번이나 떠올리곤 했다. 시골 쥐에 나를 대입해 감정 이입하면서.

 학교엔 다양한 배경을 가진 학생들이 많았고, 나이도 천차만별이었다. 이미 바깥에서 예술가로서 명성을 떨치고 계신 분들도 계셨고, 다른 학교에 다니다가 예술에 뜻이 있어 온 사람들이 부지기수였다. 또, 텔레비전에서 볼 수 있는 연예인들도 많이 다녔다.

 내가 전공하는 극작과는 '극'의 각본 쓰는 걸 배우는 곳이었다. 연극, 영화, 방송 등의 대본 쓰는 것을 주로 배우는데, 대부분은 드라마를 쓰고 싶어 했다.

 어느 날, 방송 드라마 수업 시간이었다. 교수님은 어떤 글을 쓰고 싶냐면서 학생 모두에게 물어보았다. 한 명씩 돌아가면서 이야기하는데 거의 드라마라고 말했다. 내 차례가 되었고, 나도 모르게 무심코, 이렇게 말했다.

"뮤지컬이요!"

 다음 사람으로 넘어갈 줄 알았는데, 갑자기 교수님께

서는 내게 질문하기 시작했다.

"뮤지컬? 뮤지컬에 대해 뭐라고 생각하는데? 얼마나 아는데?"

학생들의 시선이 나에게 쏠렸고, 난 순간 당황했다. 가뜩이나 주목받는 걸 좋아하지 않는데, 내 얼굴은 빨개지고, 머릿속은 하얘졌다. 대답을 어떻게 했는지 기억도 잘 나지 않는다.

왜 그렇게 질문 폭격을 받았나 생각해 봤더니, 그 수업은 '방송 드라마 작법'이었다. 그곳에서 드라마가 아닌 뮤지컬이라고 했으니, 질문을 받을 만했다. 그리고 난 이내 후회했다.

'나도 그냥 드라마라고 할 걸! 괜히 뮤지컬이라고 해서….'

어떤 말이든 무심코 뱉었다고 할 때, 무심코는 아니라고 생각한다. 평소 생각하고 있던 것, 마음 가득히 있었던 생각이 결국은 말로 나오는 것이기 때문이다.

교수님의 질문으로 인해 뮤지컬에 대해 더 잘 알아야겠다고 생각하며, 난 그 이후 공연 관람을 많이 하러 다녔다. 특별히 저녁 약속이 없는 날이면 친구와 으레 대학로에 가서 연극을 관람했다. 이 모든 게 공부였기 때문이다. 대학로에 있는 소극장 연극 작품부터 대극장에서 하는 오페라, 뮤지컬까지 섭렵해 나갔다. 그 덕에 연극, 뮤지컬에 흥미가 생기기 시작했다. 쉽게 이해할 수 있는 작품도 있었지만, 어려운 작품들도 있었다.

 연극을 너무 보고 싶은데, 돈이 없었을 때 극장에 가서 이렇게 말한 적도 있다.

"저희가 연극을 전공하는 학생들인데요. 공연을 너무 보고 싶은데 돈이 없어서요. 리뷰로 보답해 드리겠습니다. 공연 관람할 방법이 있을까요?"

 우리의 용기에 대부분 관계자는 잠시만 기다리라고 한 다음, 공연 시작 10분 전에 빈자리가 있는지 확인하고 가능하면 공연을 볼 수 있게 해주었다. 그때만 해도 '정'이 조금 통하는 시대였다고나 할까.

 공연이 가지고 있는 특별한 속성이라면 일회성이라는 것. 내일도, 모레도 같은 공연은 진행되겠지만, 그 날짜에 그 장소에서 관객과 배우가 함께하는 그 당시에만 느낄 수 있는 분위기가 있다. 그리고 그때 느꼈던 재미와 감동은 특별한 추억이 된다. 영상은 한 번 찍고 계속 볼 수 있지만, 공연은 그렇지 않다. 유한하다는 것, 순간을 더 가치 있게 만들어 주는 힘이 아닐까.

 몰두할 뭔가가 있다는 것, 내가 선택한 것에 열정과 흥미를 느낄 수 있다는 것이 좋았다.

그리고 그렇게 난 뮤지컬 덕후가 되어갔다.

뭐든 빨리 경험해 보는 게 답

뮤지컬 배우에 대해 알아본다면 대형 뮤지컬의 경우 주연, 조연, 앙상블까지 배우들이 참 많다. 앙상블은 합창이나 군무하는 배우로 작품을 더 풍성하게 한다. 또, 대형 뮤지컬에는 주연 배우를 위한 커버(Cover) 배우가 있다. 커버 배우는 주연 배우가 무대에 서지 못하는 급박한 상황이 발생할 때 대신해서 주연을 맡는 배우를 통칭하여 말하는데, 그 안에서도 세세한 차이로 언더스터디, 스윙 등으로 나누기로 한다.

언더스터디(Understudy)는 평소에는 조연, 앙상블 등의 역을 하다가 주연 배역에 빈자리가 생길 때 커버하는 배우를 말한다. 스윙(Swing)은 앙상블로 출연하는 배우가 개인 사정으로 무대에 서지 못할 때 투입되는 배우이다. 요즘엔 주연 배우에 더블, 트리플로 캐스팅하는 경우가 많아 스윙이 적어졌다고 한다.

 대형 뮤지컬의 경우 이렇지만, 대학로에서 하는 소극장의 경우는 단일 캐스트로 진행이 된다. 이 말은 배우는 아파서도 안 되고, 어떤 상황이 생겨서도 안 된다는 뜻이다. 그렇기에 뮤지컬 배우는 자기 관리에 철저할 수밖에 없다. 무대에서 춤, 노래, 연기하는 일은 생각보다 많은 양의 에너지가 필요하다. 평소 자기 관리와 컨디션 관리를 잘해야 한다.

 드라마나 영화를 찍는 배우들은 필름을 찍고 나서 편집하고, 나중에 대중에게 공개가 되기에 작품과 캐릭터에 관한 사람들의 반응을 뒤늦게 볼 수 있다. 뮤지컬 배우는 두 시간 동안 한 공간에서 관객과 호흡하기에 반응을 즉각적으로 느낄 수 있다.

 관객이 되어 공연을 봤을 때 무대 위에서 빛나던 배우, 조연출로 일하면서 무대 뒤에서 함께하면서 같은 '사람'이구나 느낀 적이 많다. 배우는 극 중 인물의 성격을 입고 연기한다. 캐릭터 자체가 멋있는 배우를 연기할 때, 캐릭터의 모습이 배우의 본모습일 거라는 착각에 빠지기도 한다. 캐릭터가 멋있게 표현되었을 수도 있고, 그만큼 배우가 멋지게 배역을 소화했을 수도 있다.

언제나 성실한 자세로 자신의 배역에 몰입하는 배우를 볼 때 대단하다는 생각이 든다. 그리고 나도 모르게 '저 배우는 진짜 잘되겠다.'라고 생각했던 적이 몇 번 있었다. 몰입하는 눈빛이 남달랐기 때문이다. 그런데 진짜 그 배우를 드라마나 영화에서 봤을 때의 그 기분이란!

"거봐. 내가 알아봤잖아!"

그 배우를 알아본 나에게 칭찬하며, 혼자 반가워한다. 일하면서 알게 된 배우들이 성장해 나가는 모습을 볼 수 있다는 게 너무 좋다. 나만 알던 배우, 공연장에 와야만 볼 수 있던 배우에서 이제는 영화, 드라마에서 언제 어디서나 볼 수 있는 배우가 되어 좋다.

나에 대해 많은 가능성이 열려 있던 시절, 뮤지컬 배우를 하면 어떨까 하는 생각을 해봤다. 재능을 고려하지 않은 희망 사항이었다. 주변에 배우를 하려고 하는 친구들이 많았기에, 나 또한 나에 대해 실험을 해보기로 했다. 뮤지컬 동아리에 들어가서 매일 아침에 나가서 신체 훈련을 하고 학교 수업은 연기, 재즈댄스, 작곡 수업까지 들으며 어떤 분야에 흥미가 있고, 재능이 있는지 테스트해 보았다.

뮤지컬을 보러 다닐 때는 남자 뮤지컬 배우를 흠모하

기도 했다. 그리고 배우들과 함께 영화도 찍어봤다. 비록 대사 없이 클럽에서 춤을 추는 장면이었지만, 엔딩 크레딧에 이름이 올라갔고, 네이버에 내 이름을 치면 영화배우라고 쓰여 있다(아무도 조헌주 작가와 조헌주 영화배우가 같은 사람인지 모르지만). 또, 뮤지컬 조연출로 일하면서 뮤지컬 배우들과 함께 일할 수 있었다.

 대학을 졸업하고 방송 작가와 공연 분야에서 사회생활을 하다가 뮤지컬을 전문적으로 배우기 위해 다시 학교에 들어갔다. 2년 동안 수업을 들으면서 창작 작품을 만들고, 졸업 공연을 올렸다.

 당시 윤대성 교수님의 <출세기>를 각색하여 뮤지컬로 만들었는데, 난 작가와 배우로 참여했다. 나에 대해 실험을 해볼 수 있는 절호의 기회라 여겨 배우까지 했는데, 참 어색하고 힘든 시간이었다.

 공연을 만들 때 디테일한 디렉션을 주는 연출가도 있지만, 그렇지 않을 때는 배우고 온전히 자신의 역할에 맞는 동선을 짜고 연기를 해야 한다.

 뮤지컬 연기가 처음인 나는 어떻게 해야 할 줄 몰랐고, 연기하면서 '어색'이라는 단어가 내 온몸을 강타했다. 이미 대학로 무대에서 활동하고 있는 배우들은 역시 남달랐다. 연습하는 내내 힘들었지만, 프로 배우님들의

146

도움으로 공연은 성황리에 마무리할 수 있었다. 그리고 난 그 경험으로 아주 큰 걸 얻었다.

 연기하고 싶다고 다 잘할 수 없다는 것과 어떤 분야든 탁월한 감각을 가진 사람이 있다는 것. 재능은 타고날 수도 있고, 오랜 시간 성실하게 한 우물을 파다 보면 생길 수도 있다. 그 전에 열정과 노력이 뒷받침되어야 한다는 것.

 나는 연기에 소질이 없고, 배우라는 직업은 나와 맞지 않는다는 것을 도전했던 경험으로 인해 알 수 있었다. 그리고 그 경험으로 인해 내가 추구하는 또렷한 방향을 설정할 수 있었다.

그 시절, 사고가 끊이지 않던

드라마나 영화는 필름을 찍고, 맘에 안 드는 건 언제든 편집이 가능하다는 장점이 있다. 하지만 공연은 그렇지 않다. 매일 같은 내용, 같은 배역으로 이루어지는 공연도 절대 같을 수 없다. 어쩌면 공연이 가진 매력이라고도 할 수 있지만, 동시에 어떻게 될지 모르는 위험 요소도 가지고 있다는 뜻이 된다. 아무리 준비를 완벽하게 했더라도 예상치 못한 상황은 생기기 마련이고, 공연이 진행될 때 정신을 차리지 않으면 사고가 일어날 수도 있다. 아니, 정신을 차리고 있더라도 사고는 일어난다.

공연할 때 기술적인 사고라고 하면 배우의 마이크가 나가서 음향이 안 들린다든지, 조명이 갑자기 나간다든지 하는 등의 사고가 있을 수 있고 무대 장치에서 일어나는 사고도 있을 수 있다. 만약에 영상이 나오는 작품이라면? 영상이 나오지 않으면 매우 난감한 상황이 된다.

본격적으로 대학로에서 공연 스태프 경험을 쌓아야겠다고 생각하고 얼마 지나지 않아 창작 뮤지컬 <오! 당신이 잠든 사이> 조연출로 일할 수 있게 되었다.

뮤지컬 <오! 당신이 잠든 사이>는 가톨릭 재단의 병원에서 일어나는 이야기를 담고 있다. 반신불수 환자 최병호가 사라지고, 병원장 베드로가 그의 행적을 추적하기 시작하면서 이야기는 시작된다. 병원에 있는 사람들의 각자 다른 사연이 하나씩 소개가 되면서 내용이 흘러가는데 누군가로부터, 세상으로부터 버림받은 이들의 상처와 치유에 관한 이야기를 재미있게, 감동적으로 그려낸 작품이다.

이 작품 초연 배우로 인해 1회 공연을 봤었기에 남다른 애착이 있었고, 또 해를 거듭하면서 점점 더 발전된 작품의 모습에 더 매력을 느꼈다. 그리고 정말 만나 뵙고 싶었던 장유정 연출님과 일할 수 있어 영광이었다. 뮤지컬을 하겠다고 마음먹으면서 연출님을 롤모델로 삼아두고 있었기 때문이다.

처음 무대에 올라가는 창작 뮤지컬이었다면 해야 할 일이 더 많고, 변수가 많았을지도 모른다. <오! 당신이 잠든 사이>는 이미 몇 년간 공연이 되어, 시스템이 안정적이었다. 크리스마스를 배경으로 하는 공연의 특성으로 여름부터 연습을 시작해서 늦은 가을부터 공연을 시작한다. 연습 때는 보통 오전 10시부터 밤 10시까지, 공연을 올리고 나면 공연 시작 한 시간 반 정도 도착하면 된다. 공연을 연습할 때, 그리고 무대 위에서 처음으로 공연될 때 너무나도 떨렸다. 내 작품도 아닌데 내 작품인 것처럼 말이다.

공연 때 조연출은 무대 뒤에서 배우들의 의상 입는 것도 도와주고, 소품을 챙기는 등 공연이 원활하게 흘러갈 수 있게 한다. 배우들은 연기도 하지만 상황이 되면 무대 전환도 도와준다. 이 작품은 과거 장면이 많아 배우들이 퀵 체인지를 해야 하기에 매우 바빴다. 등 퇴장 때 문은 닫아 놓는지 열어 놓는지, 닫으면 누가 닫는지까지 세세하게 역할이 정해져야만 한다. 그리고 정해진 역할들이 다 있다.

<오! 당신이 잠든 사이>에서는 중간에 영상이 나오는 장면이 있었다. TV 다큐 영상이었다. 벽이 설치되어 있고 관객석에서 바라보는 오른쪽 벽에서 영상이 나오게

해야 하는데 조연출이 그 영상을 담당했다. 이때가 가장 긴장되는 순간이었다. 정확한 타이밍에 영상이 나와 줘야 하는데 어떨 때는 타이밍이 기가 막히게 잘 맞을 때가 있고, 어떨 때는 영상이 나오지 않을 때도 있었다. 그때는 라디오인 척하는 거다(대부분 관객은 사고라는 것을 눈치챌 수도 있지만 나 혼자 그런 척한다. 안 그러면 실수했다는 사실에 마음이 무척이나 괴로우니까).

 연습이 끝나고 공연 날짜가 되면 며칠 전에 무대 세팅이 이루어진다. 그리고 무대에서 리허설하고, 프리뷰 공연을 한다. 프리뷰는 본 공연 시작 전에 미리 선보이는 공연이라 생각하면 된다. 이 기간에 아무래도 배우들은 무대에 익숙해지는 시간을 갖게 된다.

 드디어 공연 날짜가 다가왔고 프리뷰 공연이 이루어졌다. 처음 무대에 서는 거라 실수가 있을 수밖에 없었다. 나의 첫 임무는 영상 틀기다. 마음을 졸이며 영상을 틀었는데 다행히도 잘 나왔다. 안도의 한숨을 쉬고 대기실로 돌아가려는데 닫혀 있어야 할 병원 문이 활짝 열려 있는 것이다. 노래가 끝나면서 한 배우가 퇴장할 때 문을 닫고 나오는 거였는데, 아무래도 첫 공연이다 보니 잊어버린 모양이었다. 난감했다. 내가 여기서 그냥 지나가게 되면 아마 관객석에서 나를 보게 될 것이다.

'어떻게 해야 하지?' 기다리다가 나도 모르게 뒤에서 조금씩 조금씩 문을 밀어 미닫이문을 닫았다. 아, 그런데 막상 문을 닫고 나니 뭔가 찜찜했다. 관객석에서 봤을 때 얼마나 웃겼을까? 닫고 나서 생각한다. '그냥 놔두어야 했는데….'

프리뷰 공연 때 웬만하면 연출님이 오셔서 첫 공연을 보시고 공연이 끝나면 노트하신다. 그날도 마침 연출님께서 오셨던 상황! 첫 공연이 끝나고 배우들과 스태프는 무대 위로 나와 연출님의 노트를 들었다. 대부분 배우에게 어떻게 하면 더 좋겠다는 코멘트를 하신다. 그런데 갑자기 연출님 말씀하신다.

"누가 중간에 문 닫았어?"

놀란 나는 소심하게 손을 든다.

"저도 모르게 닫았네요. 죄송합니다."

그 후 연출님께서 뭐라 뭐라 하셨지만, 생각이 잘 나지 않는다. 정말 창피하게 느껴졌다는 것밖에는.

내가 이 작품의 조연출을 할 때 공연은 세 장소에서 이루어졌다. 대학로와 영등포 타임스퀘어, 그리고 지방 공연이다. 물론 조연출도 세 명이었지만, 한꺼번에 세 팀이 연습했기에 좀 더 챙겨야 할 것들이 많았다.

대학로에서 세 팀이 돌아가면서 공연하다가, 우리 팀

은 영등포 타임스퀘어로 갔다. 타임스퀘어 공연장은 대학로 소극장과 달리 꽤 컸다. 공연장 관계자들과 제작사 사이에 중간 역할을 담당하며 백방으로 일했다. 그리고 이곳에서도 프리뷰 공연이 시작되었다.

대학로에서는 문을 닫고 나오지 않은 배우의 실수가 있었지만, 이곳에서는 설치된 벽을 펼치고 접고 해야 하는데 이상한 소리가 나면서 벽이 완전히 펼쳐지지 않았다. 그대로 조명이 들어와 배우는 그대로 연기를 해야 했다. 그래도 센스있는 배우는 공연 도중에 애드리브로 대사를 넣어서 그 상황을 해결했다. 역시 베테랑 배우라 달랐다.

그 이후에도 자잘한 실수가 있었다. 하지만 시간이 지나면서 익숙해지다 보니 실수는 거의 없었고, 그에 따른 대처도 잘할 수 있었다.

내가 조연출을 하겠다고 생각한 건 창작부터 공연을 만드는 과정을 직접 보면서 배우겠다는 의지가 컸다. 처음 공연하는 창작 작품에는 물론 시행착오가 있고, 힘듦도 있겠지만 사실 내가 도전한 나의 나이가 마지노선이라고 생각했고 마지막 기회라고 생각했다.

그런데 이 작품은 이미 그 과정을 거치고 안정화되어 있는 작품이었기에 있는 시스템 대로만 하면 되었다.

내가 배운 건 조연출로서 어떤 걸 조율해야 하고, 무대 뒤의 상황을 경험하는 거였다. 연출님 곁에서 작품을 어떻게 연출하는지에 대한 부분을 좀 더 면밀히 보고 싶었는데, 그럴 기회는 많지 않았다.

 그리고 무대 뒤에서만 있다 보니 무대 앞에서 일어나는 상황이 궁금해졌다. 공연 관련 일을 하면 공연을 많이 볼 거 같지만 의외로 많이 못 본다. 오히려 일반인으로 있을 때 더 많은 작품을 볼 수 있다는 사실이다.

 새해가 됨과 동시에 공연은 막을 내리고, 그해 여름 제작사에서 나에게 조명 오퍼를 해달라고 했다.

 '생각해 본 적도 없는데, 내가 조명 오퍼를 한다고?'

 오퍼는 조명 디자이너가 디자인해 놓은 대로 장면별로 버튼만 누르면 되었다. 어려운 건 없었다.

 공연을 앞에서 보고 싶다는 바람이 통했던 것일까. 그 이후 나는 대학로에 가서 주야장천 공연을 보게 된다. 사실, 무대 뒤에 있을 때보다 조명 오퍼를 할 때가 아주 편했다. 사고만 일어나지 않는다면. 그런데 사고가 한 번 일어나면 누구보다 마음을 졸이는 게 오퍼다.

 이 작품은 크리스마스를 배경으로 하는 가족극이었기에 크리스마스가 다가오는 겨울철부터 관객석이 꽉꽉 차기 시작했다.

그리고 대망의 크리스마스 날 공연은 3회 공연이 예정되어 있었다. 낮 공연을 무사히 마치고 저녁 공연을 시작했다. 여지없이 공연장은 만석이었다. 극이 한참 진행되고 신나는 곡이 나오면서 흥이 더해지고 있는데 갑자기 어둠이 찾아왔다. 정전된 것이다.

"이런 일이 일어날 수 있는 거야?"

우린 너무나도 당황했고, 여기저기 연락을 취했다. 불이 들어온다고 해도 흐름 끊긴 이 상태에서 어떻게 다시 시작할 수 있으며, 불이 안 들어온다고 하면 어떻게 대처해야 하는 건지 도무지 감이 잡히지 않았다. 그나마 이때 조연출 자리에 있지 않은 걸 다행이라고 해야 하나. 지금 누구보다 바쁜 건 조연출일 테니 음향 오퍼와 나는 잠자코 기다리기로 했다.

그리고 연락이 왔다. 더 이상의 공연 진행은 힘들 거 같다고. 잠시 후, 관계자가 나와 안내를 시작했다. 그렇게 관객은 작품의 끝을 보지 못한 채 발길을 돌려야 했고, 티켓값은 환불해 준다고 했다.

예상치 못했던 상황에서 관객도, 배우도, 스태프도 모두 성숙한 자세를 보여줘서 감동이었다. 무난히 특별한 날의 추억을 쌓았으면 좋았겠지만, 누군가에게는 이 경험 또한 특별했던 경험이 될 수 있으니….

나 또한 두고두고 이날이 잊히지 않을 것이다.

그냥 무조건 부딪히기

"파산에 대한 자기 생각은 어떤가요?"

얼마 전, 독서 모임에서 파산에 대해 어떻게 생각하는지 물었다. 생각하는 게 다 비슷할 줄 알았는데, 너무도 달라서 놀랐다.

어떤 사람은 두려움이라고 했고, 있으면 안 되는 일이라고 했는데, 또 어떤 사람은 새로운 시작이라고 말했다. 깨끗하게 새로운 길로 나갈 수 있는 시작이라고.

어떤 일이 잘 안되었을 때, 밑바닥까지 간다면 난 두려운 마음이 더 클 거로 생각했다. 어쩌면 거기까지 가보지 않았기에 두려운 마음이 들었는지도 모른다.

그런데 내 인생에서도 나락으로 떨어진 때가 있었다.

가지고 있는 모든 것을 잃었을 때, 처음에는 두렵고 무서웠지만 시간이 흐르면서 새로운 것들이 보이기 시작했다. 그리고 그때는 다시 새로운 일을 할 수 있는 절호의 기회인지도 몰랐다.

 어떤 일을 시작할 때 준비를 세세하게 하는 사람이 있을 것이고, 무조건 행동부터 하는 사람이 있을 것이다. 세세하게 준비하는 것도 좋지만, 행동하면 어떻게든 해나가면서 경험도 쌓인다는 게 나의 지론이다.

 처음에 학교에 갔을 때는 사실 누구나 그렇듯 고등학교를 졸업하고 바로 대학에 와서 자기가 진짜 원하는 공부가 무엇인지 모르는 사람이 많을 것이다. 내가 다녔던 학교의 과는 고등학교를 졸업하고 바로 학교에 들어온 사람들보다는 실제 밖에서 사회생활을 하다가 소위 말하는 산전, 수전, 공중전을 다 겪고 학교에 들어온 사람들이 많아 연령대가 높았다. 그렇게 간절해서 온 사람들은 수업에 임하는 태도와 눈빛이 남달랐다.

 어렸을 때는 그 공부가 너무나도 어렵게만 느껴졌다. 사회생활을 하고 10년 후에 뮤지컬 공부를 하러 갔을 때 보이는 건 또 달랐고, 그 이후 더 많은 경험을 하고 또다시 학교에 가서 공부할 때 보이는 것과 마음은 또 달랐다.

해 놓은 건 없는데 시간이 너무 빨리 흐른다고 느낄 때가 있다. 하지만 돌이켜 보면 켜켜이 쌓아온 시간의 나이테 속에 나도 모르게 모든 것들이 성장하고 발전하고 있었다는 걸 깨달았다. 또, 내가 한 경험이 당연해서 아무것도 아닌 것 같지만 누군가에게는 아주 큰 도움이 될 수 있다는 것을 알았다.

그래서 난 배워서 남 주는 것을 참 좋아한다. 뮤지컬이 좋아서 뮤지컬을 전공하면서 학교 공부와 함께 도전한 것이 '영어 뮤지컬' 강사였다. 내가 처음 시작할 때만 해도 영어 뮤지컬이 처음 국내에서 막 생겨나기 시작한 때였다. 덜컥 초등학교에 가서 영어 뮤지컬을 가르치게 됐는데, 경험이 없어서 우왕좌왕했던 기억이 있다.

그래도 '하다 보면 익숙해진다.'라는 생각을 가지고 일단 발을 들여놓고, 영어와 뮤지컬 수업을 조금씩 배워 나갔다. 그렇게 어느덧 뮤지컬 강사로 일한 지 10년이 훌쩍 넘었다.

영어, 뮤지컬 모두 생소했고 어떻게 해야 하는지 몰랐지만, 일단 누군가에게 가르치는 자리에 들어가니 어떻게든 방법을 찾아보면서 해 나가게 된다는 것을 발견했다. 가르칠 때 가장 많이 배운다고도 하지 않는가. 사실 난 영어 뮤지컬을 가르치면서 나의 영어와 노래와 연기, 춤 실력이 발전했다.

 난 내가 성장하는 게 참 즐거운 사람이다. 그렇게 공부하면서 남에게도 주고, 나 자신에게도 즐겁다.

 <논어> '선진 편'에 보면 한 제자가 공자에게 묻는다.

 "좋은 말을 들으면 바로 행동에 옮겨야 합니까?"

 이에 공자는 "신중해야 한다."고 대답했다.

 그런데 또 다른 제자가 같은 질문을 했다. 공자의 대답은 전화는 달랐다.

 "곧장 실행해야 한다."고. 그러자 제자가 어찌하여 같은 질문에 다른 답을 주시느냐고 묻는다. 그러자 공자가 한 사람은 너무 성급하고, 또 다른 사람은 너무 소심해서 그랬다고 한다.

 사실 사람마다 일을 해 나가는 방법은 다를 것이다. 효율이 있는 방법이 다 다를 것이고.

 다만 내 경험으로 보건대 준비하고 어떤 일을 하자면 시간이 오래 걸리고, 그 과정 중에 더 완벽해지면 시작하려고 하므로 계속해서 시작하기에 부족하다는 느낌을 가져서 시간이 지나면서 더 시도하지 못하는 경우가 많았다. 그래서 어쨌든 하고 싶은 일이 생기면 일단 저

질러 보려고 한다. 저지르고 나면 어떻게든 행동하게
되고, 수습하게 되어 있으니까. 어떤 손해를 봤든 이득
이 있었든 그 안에서 깨닫는 것은 분명히 있으니까.

여행, 그리고 뮤지컬

"자신이 좋아하는 것을 10가지 써 보세요. 너무 깊이 생각하지 않아도 돼요. 생각했을 때 기분 좋아지는 것을 단어로 쓰고, 10가지 다 안 채워도 되고 생각나는 만큼만 써도 돼요. 그리고 자신이 단어를 다른 사람에게 소개해 주는 거예요."

당신은 좋아하는 것을 막힘없이 술술 쓸 수 있는 사람인가? 적어도 한자리에서 좋아하는 10가지의 단어를 생각해 내려면 평소 자신이 좋아하는 것이 뭔지 고민을 해봐야 한다. 만약 평소에 이런 고민이 없었다면 좋아하는 것을 채우는 건 쉽지 않다.

나는 평소 좋아하는 것들로 삶을 채우기 위해 노력하

는 편이다. 그래서 좋아하는 것에 대해 말한다면 술술 나오는 편이긴 한데, 상위에 있는 세 가지의 단어를 꼽는다면 여행, 뮤지컬, 그리고 책이다.

자신이 좋아하는 것을 말할 때 말하는 사람의 눈에선 빛이 난다. 사람들이 무엇을 좋아하는지에 대한 이야기를 듣는 것도 재미있고, 단어를 쓰고 그 단어에 대한 각각의 사연을 듣고 있노라면 잠자고 있던 열정이 꿈틀거리는 것도 느낀다.

여행과 뮤지컬 내가 좋아하는 두 키워드를 합쳐 실제 여행을 한 에피소드로 극이 만들어져 공연했을 때, 그러한 열정이 다시 살아서 꿈틀거리는 느낌이었다. 바로 내가 여행하고 온 인도라는 나라를 배경으로 해서였을까. 한창 소극장 뮤지컬이 좋아 한참 보러 다녔을 때여서일까. 제목은 <인디아 블로그>였다.

등장인물은 단 두 명의 남자. 한 명은 사랑을 찾아서 인도로 떠나고, 또 한 명은 잃어버린 사랑을 찾으러 인도로 가서 방황한다. 그리고 여행길에서 처음 만남 이 두 남자가 인도의 새로운 풍경과 문화를 접하면서 여행하는 이야기를 다루고 있다.

인도의 대표적인 여행지의 명칭이 나올 때마다 내가 여행했던 그 장소에서의 추억을 떠올리며, 공감을 형성

했다. 사실, 여행을 떠나기 전에는 기대와 설렘으로 극에 몰입할 수 있어 좋고, 또 여행을 다녀와서는 내 경험을 떠올리며 공감할 수 있어 좋은 거 아닐까.

 그런데 사실, 극을 보면서는 내내 시샘이 났다. 한편으로는, '내가 더 재미있게 여행할 수 있는데…' 라고, 생각하면서!

 '여행을 블로그에 포스팅하듯 무대 위에 올린다.'라는 독특한 콘셉트로 시작한 <인디아 블로그>를 만든 연우 무대에서는 그 이후에도 꾸준히 여행 연극을 시리즈로 만들었다. <터키 블루스>, <인사이드 히말라야>, <라틴아메리카 콰르텟>, <베를린 어게인>까지.

 공연의 특색이라면 배우들이 직접 여행을 다녀와서 직접 찍은 영상이 극 중에 나온다는 사실이다. 그래서인지 허구의 이야기가 아닌 실재감을 더한다.

 20대 때, 대부분 친구가 취업과 결혼에 대해 고민하는데, 나는 아니었다. 어떻게 하면 더 많은 나라를 다니면서 경험을 쌓고, 내 작품을 만들 수 있는지 끊임없이 고민했다. 하지만 창작을 원하면서, 궁둥이를 붙이고 앉아 글을 쓸 용기가 없어 밖으로 돌았다. 그 덕에 여행은 원 없이 했다.

 그렇게 마음속 깊이 간직했던 스페인 산티아고 순례길

을 걸었고, 나도 내 경험을 살려서 여행 뮤지컬을 만들면 어떨까 하는 생각이 들었다. 엉덩이의 힘을 발휘할 수 있을 때가 드디어 와서, 함께 뮤지컬 공부를 했던 작곡가와 함께 매일 연락하며 장면을 하나씩 만들어 나갔다. 내 인생의 화두였던 자아 찾기와 접목을 해 극을 썼고, 함께 할 배우를 모집했다. 생각보다 많은 배우가 지원해 주었고, 오디션을 진행했다. 처음 시도는 가볍게 독회 공연으로 시도해 보자고 했고, 그 이후에 점점 발전시키자는 생각을 가졌다.

해보지 않은 일은 두렵기도 하고 예기치 않은 일들도 많이 일어나긴 하지만, 그로 인해 새롭게 배워가는 것들이 많아 재미있기도 하다. 준비된 곳에서 작품을 올리는 것이 아닌 공연장 대관부터 조명, 음향과 필요한 소품까지 전부 어디의 도움도 없이 우리 힘으로 해 나갔다. 주변 사람들의 도움도 컸다.

홍보는 산티아고 순례길과 관련된 인터넷 카페에서 주로 했고, 작은 공연장이었지만 모르는 사람들도 많이 와서 힘을 실어 주었다. 배우가 의상을 입고, 동선까지 체크하며 하는 정식 공연은 아니었지만, 처음부터 끝까지 내가 쓴 온전한 작품을 발표하는 장이었기에 의미가 있었다.

한 번의 공연으로 끝나는 게 아니라 더 발전을 시켜 계속 시도했으면 좋았을 텐데, 아직 이 작품은 그 이후로 세상 밖으로 나오지 못하고 있다.

그래도 이러한 작은 경험이 있었기에 다음 작품을 할 수 있지 않았나 한다. 작은 시도들이 모여 언젠가 빛을 발하는 거니까.

아직 스스로 만족할 만한 위치에는 도달하지 못했지만, 한 단계씩 밟아나가며 성장하고 있다는 사실에 셀프 칭찬하며, 좀 천천히 가더라도 지치지 않길 바라는 마음이다.

어떻게 여기까지 왔는데!

"세상에 변화의 조짐이 보이는데 우리도 발맞춰야 하지 않겠어? 뉴욕에서도 이미 발 빠르게 공연을 영상으로 시도하고 있는데, 이 기회에 우리가 먼저 선점하는 게 좋지 않겠어?"

이게 무슨 *소리인지! 평소에 하지 않는 거친 말이 튀어나와 놀랐다.

'영상을 만들려고 했으면 내가 방송 작가를 계속했지! 여기 와서 왜 이러고 있겠어?'

마음속으로는 이렇게 외치고 있었지만, 난 또 상대방의 말을 수긍하며 이렇게 말하고 있었다.

"그것도 좋은 방법이겠네요. 이제 뭐부터 하면 되죠?"

이건 또 무슨 **소리인지! 겉과 속이 다른 건 이럴 때 쓰는 말이 아닐 텐데.

 어떤 의견에 반박하기보다는 수긍하며 방법을 찾아가는 것이 습관화 되어있는 자의 목소리였다. 반박도 평소에 해봐야 할 수 있는 거다.

 하지만 어쩔 수 없이 흘러가는 사회 현상이 있었고, 개개인이 반박한다고 될 문제는 아니었다. 위에서 어떻게 결정을 내릴지 마음 졸이며 기다리는 수밖에 없었다. 그 와중에 내가 할 수 있는 것이 있다면? 간절한 기도였다.

 '제발, 제 작품이 영상이 아닌 무대에서 관객들과 만나는 공연이 될 수 있게 해주세요.'

 기도는 했지만, 이때만 해도 작품을 영상으로 만들거나, 관객 없이 무대에서 공연하면서 영상으로 만드느냐가 거의 확정된 상황이었다.

 그 해는 연례 없는 바이러스가 창궐하여 모두가 우왕좌왕하던 시기였다. 아무도 이런 일이 일어날 거로 예측하지 못했던 그해 전, 난 온전한 나만의 작품을 만들고 싶어 몰입의 환경으로 들어가기로 했다.

그렇게 선택한 곳이 대학원이었고, 그곳에서 만난 친구

들과 팀을 꾸려 공연을 준비하고 있었다. 그리고 여러 팀과 경합을 벌여 우리 팀이 창작 팀으로 최종 선정이 되어 공연을 올릴 수 있게 되었는데, 그 기쁨과 활력도 잠시였고 방향을 잃게 된 것이다.

 방향을 잃은 건 우리뿐만이 아니었다. 몇백 년의 역사를 가진 뉴욕 브로드웨이 공연장마저 폐쇄(Shutdown)되는 사태가 발생했다. 여태껏 이런 적은 없었다고 했다. 나중에 봤을 때 역사의 한 부분으로 기억될 그러한 일이었다. 긍정적인 부분은 아니더라도 역사에 길이 남을 그 획의 중심에 우리가 서 있는 건 명백했다.

 뉴욕뿐 아니라 우리나라에서도 공연은 줄줄이 취소되었고, 현장에서 일하고 계시던 교수님들의 잇따른 탄성이 들려왔다. 거대한 자금을 투자했던 공연들도 어쩔 수 없이 내리는 마당에 학교 공연을 무대에 올릴 수 있을지는 만무했다.

 어떤 브로드웨이 배우들은 발 빠르게 새로운 시도를 하고 있었다. 자신이 맡은 배역을 자신이 있는 공간에서 연기하면서 영상을 찍는 것이다. 그것들을 모아 편집하면 또 그것대로 작품이 되긴 했다.

 우리도 그러한 방법을 빨리 채택해서 영상을 찍어야 하는가 하는 고민을 하지 않을 수 없었다.

'영상으로 간다면 아마도 대본을 다시 써야 할 텐데…'

공연 대본이랑 영상 대본은 아무래도 차이가 있었기에 난 제일 먼저 걱정을 했다. 이 말인즉, 영상 대본으로 굳이 또 힘들여 가며 쓰기 싫다는 말이기도 했다.

처음에 왕성했던 의욕은 한두 달 지나면서 떨어져 가고 있었다.

확실하게 정해져 있다면 어떻게든 난관을 부딪쳐 가며 갈 텐데, 어떻게 될지 모르는 미래를 향해 100%의 노력을 투입할 순 없었다. '모든 일에 최선을 다하자.'가 삶의 철학이긴 해도 이미 김이 빠질 대로 빠진 상황이었다. 그래도 어쩌겠는가! 어떤 방식으로든 공연은 이루어질 것이고, 유종의 미는 거둬야 했다. 대학원 졸업 공연이기도 했으니 말이다.

그 와중에 잃지 않았던 건, 어떻게든 될 거라는 '믿음'이었다. 나만의 무기인 긍정적인 마음을 끌어올려 항상 외치고 다녔다.

'나는 운이 좋으니까, 원하는 대로 될 거야!'

이 말을 하면서도 100% 확신이 있는 건 아니었다. 그렇게라도 믿지 않으면 지금 하는 노력조차 할 수 없기 때문이었다.

내 작품을 극장에서 올려보는 것이 일생일대의 꿈이었

는데, 이렇게 좌절되어선 안되지!

 공연을 올리기 위해 온전히 투입된 1년이라는 시간과 이리저리 방황했던 10개월의 시간이 지나가고 있었다. 어떠한 결론이 나지 않은 채로!

 그런데 공연 날짜 한 달 전에 이런 통보를 받았다.

 "관객과 함께하는 공연이 가능합니다. 단! 좌석 띄어 앉기로 관객은 50%만 받을 수 있습니다."

 50%에 마음이 꽂히는 건 어쩔 수 없었지만, 관객과 함께 할 수 있다는 사실이 어딘가!

 그렇게 나의 첫 뮤지컬 작품을 공연으로 올릴 수 있었다.

 누군가의 시선에서는 별거 아닌 일일 수도 있지만, 노력과 마음을 썼던 사람에게 그 일은 큰 일이 될 수 있다.

 역경을 만날 때면 더 간절해지는데, 그 간절함으로 인해 변하지 않을 것 같은 상황이 변할 수도 있다는 것을 알았다.

 살다가 뜻하지 않은 상황으로 인해 어려움이 생길 때면 난 그때를 떠올리곤 한다. 어렵고 힘든 상황에서 내가 할 수 없는 것이 없다 하더라도, 간절한 마음으로 기도는 할 수 있으니까. 내 노력을 100% 투입했다고 하면, 하늘의 도우심을 바라는 것도 필요하니까.

어떤 경험이든 버릴 건 없다

 전에는 해 보지 않았던 일을 시도할 때 두려움과 긴장
감이 들지만, 묘한 설렘이 있다. '처음'하는 경험의 기
분 좋은 떨림! 하지만 그걸 '경험'하는 순간 흥미를 잃곤
한다.

 물건을 소유하는 것과도 비슷할까. 가지고 싶은 물건
이 생겼을 때 그것을 향한 열망, 어떻게 손에 넣을 수
있을까 하는 고민과 함께 온갖 에너지가 그쪽으로 집중
된다. 하지만 소유하고 나면 언제 그런 열망이 있었냐
는 듯 마음이 시들해진다.

 해본 것과 해보지 않은 것의 차이, 가진 것과 가지지
못한 것의 차이. 별거 아닌 거 같아도 그 온도 차는 실

로 굉장하다. 그 감정으로 삶을 살아낸다고 해도 과언이 아니다.

비록 눈에 보이는 건 없지만 언제든 떠올릴 수 있는 '경험'에 가치를 두는 사람이 있는가 하면, 눈에 보이는 '소유'에 가치를 두는 사람도 있다. 그리고 그 둘은 사람이 살아가는 데 있어 자산이 되는 건 분명하다.

또, 살다 보면 자신이 원해서 겪는 일도 있지만 그렇지 않은 일도 있다. 그 일들이 씨실과 날실처럼 엮어져 자신의 운명으로 굳어지는 것은 아닐까. 결국엔 자신이 겪은 경험과 환경으로 인해 길이 인도될 때가 많으니 말이다.

그런 의미에서 내 글의 소재도 살았던 환경, 경험했던 것들에서 벗어날 수는 없었다. 그래서 조금이라도 젊었을 때, 할 수 있을 때 더 많은 경험을 하라고 하는 것일 수도 있겠단 생각이 든다. 그 모든 것들이 살아 움직여 어떤 작품이 될지 모르니 말이다. 작품을 만들 때 제일 중요한 건 태초에 떠오른 생각이고, 그걸 영감이라고 부르는데 거기서부터 시작이 된다.

내 젊은 시절의 화두는 '자아 찾기'였다. 어린 시절부터 나보다는 남에 대해 생각하고, 배려가 습관이 되었던 사람이라 나의 욕구는 무시하고 남의 말에 맞춰 살

앉던 적이 많다. 난 내가 포용의 크기가 넓다고 착각하며 살았다. 그런데 지금 와서 생각해 보니 포용할 수 있는 범위가 넓은 게 아니라 내가 무엇을 원하는지 정확히 모르는 것이었다. 그래서 내가 원하는 것을 강력히 주장하기보다 남이 하자는 대로 한 경우가 많았다. 그러한 나의 모습을 알기까지도 꽤 오랜 시간이 걸렸다.

그렇게 평소에 고민했던 나의 모습은 작품 속의 등장인물이 되고, 내가 경험했던 주변의 사람들이 보조 인물이 되며, 현실과는 다른 또 다른 세계를 만들어 가고 있었다. 배경은 어쩔 수 없이 내가 오랜 시간 동안 살았던 그 장소가 되었다. 그게 바로 내 첫 뮤지컬 작품이 되었다.

내가 살았던 해방촌은 다양한 문화가 공존하는 곳이었다. 좁고 좁은 언덕길에 해방 이후 정착한 할머니, 할아버지들부터 세계 각국에서 온 사람들이 살고 있었다. 그래서인지 한시도 지루하지 않은 동네였다.

그곳을 난 꽤 좋아했었고, 난 그곳에서 사는 다양한 청춘들의 삶과 고민에 관한 이야기를 하고 싶었다. 배우 또한 한국 사람으로 한정하지 않고, 세계 각지에서 자신만의 사연을 가지고 온 캐릭터를 만들었다. 그들이 해방촌의 한 게스트하우스에 와서 살면서 벌어지는 이야기를 만든 것이다. 그리고 그 작품은 많은 우여곡절 끝에 무사히 공연됐다.

 사실 그곳에 오래 살면서 다양한 국적의 사람들을 만날 수 있었던 건, 살고 있던 집이 '경매'를 들어가면서이다. 등기부 등본 보는 방법도 몰랐던 나는 어쩌다 남산 밑에 자리 잡은, 정리되지 않은 것 같은 '해방촌'이라는 동네를 알게 된다. 그리고 집을 보러 가자마자 계약한다.

 서울의 한 중심에 있어서 교통편이 좋았고, 무엇보다 놀고 마시기 좋은 환경이었다는 점(이때만 해도 젊디젊은 이십 대였다), 그리고 다양한 문화가 공존한다는 점이었다. 그곳 카페에 앉아 있으면 다른 나라에 여행 온 듯한 느낌이 들었고, 무엇보다 거리에서 낮술을 즐겨도 죄책감이 들지 않았다.

 그러던 어느 날, 나에게 경매 통지서가 날아온다. 이미 몇 번 날아왔다 아무 일 없이 지나갔기에 이번에도 그럴 거라고 안이하게 생각했는데 아니었다.

 내가 살던 집은 경매로 다른 사람에게 넘어갔고, 한순간에 밖으로 쫓겨날지 모른다는 불안감과 두려움으로 눈물이 마르지 않는 한 달의 시간을 보냈다. 왜 이런 일이 나한테 생기냐며 하늘에 따지기도 하고, 원망도 했다. 그 당시에는 몰랐었지만, 어떤 위기든 벗어날 방법은 생기고 또 어떻게 보면 그 사건이 절호의 기회가 될 수도 있다는 사실이다. 내가 시선만 조금 달리하면 말이다. 하지만 난 그때 슬픔과 원망이라는 감정에 파묻혀 좀 더 현명하게 대처하지는 못했다.

우여곡절 끝에 그곳에서 계속 살면서 추억을 만들어 갈 수 있었다. 해방촌과 떼려야 뗄 수 없는 운명이 되면서 경험을 해 나갔다. 그 경험들로 《어쩌다, 해방촌》이라는 책을 썼고, <도어즈>라는 뮤지컬을 만들어 공연할 수 있었다. 모든 소재의 배경은 '해방촌'이라는 곳이고, 그곳에서 겪었던 경험했던 일들이 이야기되었다. 그리고 그 모든 경험을 쏟아내고 난 다음, 비로소 난 그곳을 떠날 수 있었다.

사람들이 힘든 일을 겪을 때, '위기는 기회다.'라는 말을 많이 한다. 나는 그 말을 진심으로 받아들이지 않았다. 그런데 일을 겪고 난 한참 뒤에 떠올려 보면, 그 일로 인해 생각지도 못했던 경험을 하고, 피가 되고 살이 된 경우를 많이 본다.

그 경험으로 인해 우물과도 같았던 시선이 호수가 강쯤으로 넓어지기도 했고, 인생을 좀 더 관대하게 바라보게 되었다.

의도치 않은 경험을 할 때 주의해야 할 것이 있다면 감정적으로 너무 빠지지 말고, 시선을 객관화시키기 위해 노력하고, 좌절하지 않는 마음을 갖는 것이다. 그 경험이 나중에 나에게 기여할 일을 생각하면서, 지나가는 과정을 기록하면 더 좋다. 과정이 조금은 고통스러울지라도 지나고 보면 아주 큰 노하우가 될 수도 있다.

 지금은 감정적으로 격하게 소용돌이치는 일은 크게 발생하지 않는 것 같다. 그동안의 경험으로 인해 어떤 사건이 크게 못 느끼는 걸까. 아니면 세상의 풍파에 어떤 것도 이겨낼 수 있는 맷집이 자리잡은 것일까.

 그런 의미에서 내가 원하는 경험, 또 원하지 않지만, 나를 새로운 곳으로 이끌어 줄 모든 경험을 환영한다.

 다만, 이젠 나를 아프게 하는 경험은 좀 피해 갔으면 하는 바람이다.

설레는 게 뮤지컬이라

2024년 9월 7일 초판 1쇄 발행

지은이   조헌주

표지 디자인   타이거C

마케팅   조희영

펴낸곳   베라북스

출판등록   제 2021-000029 호

이메일   berabooks@naver.com